Gudrun Pausewang
Das Tor zum Garten der Zambranos

Gudrun Pausewang, geboren 1928 in Wichstadl in Böhmen,
war lange Zeit als Lehrerin in Deutschland
und an deutschen Schulen in Südamerika tätig.
Heute lebt sie als freie Autorin in Schlitz bei Fulda.
Viele ihrer Bücher wurden mit Preisen ausgezeichnet,
so auch ihr Roman „Die Wolke", für den sie den
Deutschen Jugendliteraturpreis erhielt.

**Von Gudrun Pausewang sind in den
Ravensburger Taschenbüchern erschienen:**

RTB 52041
Auf einem langen Weg

RTB 58040
Reise im August

RTB 52144
Ich geb dir noch eine Chance, Gott!

RTB 58074
Ich habe Hunger – ich habe Durst

RTB 52296
Aufmüpfige Geschichten

RTB 58099
Die Verräterin

RTB 58007
Die letzten Kinder von Schewenborn

RTB 58126
Der Streik der Dienstmädchen

RTB 58014
Die Wolke

RTB 58151
Adi – Jugend eines Diktators

RTB 58019
Der Schlund

RTB 58196
Du darfst nicht schreien

RTB 58031
Die Not der Familie Caldera

RTB 58254
Überleben

RTB 58036
Das Tor zum Garten der Zambranos

Gudrun Pausewang

Das Tor zum Garten der Zambranos

Ravensburger Buchverlag

Limitierte Sonderausgabe
als Ravensburger Taschenbuch
Band 54289
erschienen 2007
Erstmals in den Ravensburger
Taschenbüchern erschienen 1991
(als RTB 1788)
© 1991 Ravensburger Buchverlag

Die Erstausgabe erschien 1988
im Ravensburger Buchverlag

Umschlagillustration: Dirk Lieb
unter Verwendung eines Fotos
von Jens Schmidt

**Alle Rechte dieser Ausgabe
vorbehalten durch
Ravensburger Buchverlag Otto Maier GmbH**

Printed in Germany

1 2 3 4 5   11 10 09 08 07

ISBN 978-3-473-54289-5

www.ravensburger.de

Angelito wusste nicht ...

... wie alt er war. Trotzdem sagte er »neun«, wenn ihn jemand fragte. Denn vor ein paar Wochen hatte ihn ein Polizist mit auf die Wache genommen, weil er in einem Supermarkt ein Feuerzeug hatte stehlen wollen. Dabei war er erwischt worden. Ein Polizeiarzt hatte ihn untersucht, hatte seine Hände und seine Zähne betrachtet und dem Schreiber diktiert: »Alter unbekannt. Schätzung: neun.«

Angelito war sich auch mit seinem Namen nicht ganz sicher. »Simon« hatte ihn seine Mutter genannt. Aber niemand von seinen Freunden nannte ihn Simon. Alle riefen ihn »Angelito«. Engelchen. Das kam wohl, weil er eine blonde Strähne im Haar hatte. Es war ein schmutziges Blond. Aber alle anderen Bettelkinder hatten nur dunkelbraune oder tiefschwarze Haare. Manchmal grinsten ihn die Männer an, die er auf dem Bahnhof oder an den Bushaltestellen anbettelte, und sagten: »Hallo, Mister!« Oder: »Na, dich hat wohl ein Gringo hier vergessen?«

Einen Gringo zum Vater zu haben – das musste schön sein. Einen Vater aus einem Land, wo alle blond sind und alle ein Auto und einen Fernseher haben und ein Haus, so groß wie ein Supermarkt. Im Hotel **BOLIVAR** wohnten oft solche Gringos. Aber meistens scheuchten die Hotelboys die Bettelkinder von den Eingangsstufen weg. Lauerte man den Gringos an der nächsten Straßenkreuzung auf, dann konnte es geschehen, dass sie einem einen Dollar schenkten, einen ganzen Dollar! Dabei begriffen sie gar nicht, was man zu ihnen sagte, nicht einmal das Wort »danke«. Sie sprachen ja nicht dieselbe Sprache.

Schon zweimal hatte Angelito mit den Gringos so ein Glück gehabt. Mit dem ersten Dollar war er in ein Restaurant gegangen, in ein richtiges Restaurant, wo nur Leute saßen, für die ein Dollar ein Nichts war. Dort hatte er sich die größte Pizza bestellt, die sie hatten. Sie war so groß gewesen, dass er sie gar nicht ganz hatte essen können. Er hatte sich den Rest in die Papierserviette gewickelt, aber als er wieder aus dem Restaurant herausgekommen war, hatte er sich übergeben müssen. Mitten auf den Bürgersteig. Dabei war ihm der Pizzarest aus der Hand gefallen, und schon hatte sich ein Straßenköter darüber hergemacht. Noch ehe Angelito ihn hatte verscheuchen können, hatte er das saftige Stück samt der Serviette verschlungen.

Alles umsonst.

Der ganze Dollar beim Teufel. Aber schön war es doch gewesen, einmal mitten unter denen zu sitzen, die sich jeden Tag eine Pizza leisten konnten. Angelito dachte seitdem immer daran, wenn er Hunger hatte und sich elend fühlte.

Mit dem zweiten Dollar hatte sich Angelito eine Hupe gekauft, eine, die wie eine richtige Autohupe klang. Die konnte ihm weder schlecht bekommen, noch machte sie Straßenkötern Appetit. Auf dem Trödelmarkt hatte er sie aufgestöbert. Sie war noch ganz neu gewesen. Sicher gestohlen. Eine Hupe, das war schon ein halbes Auto. Wunderbare Tage waren das gewesen, als er in der ganzen Stadt herumgehupt hatte, vor allem hinter den großen Leuten her, den Reichen, die dann erschrocken zur Seite gesprungen waren. Und das auf den breiten Bürgersteigen im Geschäftsviertel! Alle seine Freunde hatten Angelito bewundert. Eine Hupe haben, das hieß **mächtig sein**. Nachts hatte er sich die Hupe unter den Bauch gelegt. Aber in der vierten Nacht hatten sie ihn in dem Kanalrohr aufgestöbert, in dem er oft schlief, und hatten ihm die Hupe mit Gewalt abgenommen, sosehr er auch geschrien und gebettelt hatte. Es waren fremde Gesichter gewesen. Danach hatten sie sich um die Hupe geprügelt, und da war sie kaputtgegangen.

Angelitos Nachname? Seine Mutter hatte ihn nie erwähnt, und die Nachbarn hatten behauptet, er heiße Romero. Ein Allerweltsname. Aber aufgeschrieben stand er nirgends. Wozu brauchte er auch einen Nachnamen, außer auf der Polizeiwache? »Romero, Fragezeichen«, hatte ein Polizist dem Schreiber zugerufen.

Sie hatten ihn so viel gefragt damals auf der Wache, und er hatte so oft den Kopf schütteln müssen. Nein, einen Vater hatte er auch nicht. Er hatte nie einen gehabt. Warum hatten die Polizisten da gelacht?

»Wird ein Gringo gewesen sein, der dich deiner Mutter angehext hat«, hatte der Schreiber gemeint.

Wieder so ein Gringo-Witz.

Und die Mutter? Ja, die hatte er gehabt, vor langer, langer Zeit. Sie war Serviererin gewesen in einer Bar. Am Abend war sie fortgegangen, und am Morgen war sie heimgekommen. Bis mittags hatte sie dann geschlafen. Einen Tag in der Woche hatte sie freigehabt, aber nie den Sonntag. Nur zu Weihnachten und Karneval hatte sie ein paar Tage Urlaub bekommen. Am Weihnachtstag war sie mit ihm in die Kirche gegangen, und am Rosenmontag hatten sie sich verkleidet und waren zusammen im großen Festzug mitgelaufen.

An diesen Tagen, an denen die Mutter nicht gearbeitet

hatte, war sie so gut zu ihm gewesen, dass er immer noch weinen musste, wenn er daran dachte. Er konnte sich nicht mehr an ihr Gesicht erinnern. Nur dass sie langes schwarzes Haar gehabt hatte, das wusste er noch. Und ihren Duft hatte er noch in der Nase, wenn er an sie dachte. Nach Bier und Rauch hatte sie gerochen. Manchmal, wenn er unter einer Brücke, im Kanalrohr oder unter den Büschen im Park schlief, wachte er auf, weil er ihre Stimme hörte. Ganz nah hörte er ihre Stimme, und sie klang genauso heiser und ungeduldig, wie sie früher geklungen hatte – außer zu Weihnachten und Karneval.

Eines Tages war die Mutter dann nicht heimgekommen. Er hatte geweint und sie in der ganzen Nachbarschaft gesucht. Am nächsten Tag war eine Frau aus der Bar gekommen, Mutters Freundin, wie sie sagte, und hatte ihn getröstet. Die Mutter sei im Krankenhaus. Es habe eine Prügelei gegeben, dabei habe sie eine Flasche an die Schläfe bekommen. Sie sei noch nicht wieder bei Bewusstsein. Aber es würde ihr sicher bald besser gehen, dann käme sie heim. Er fürchte sich doch bestimmt nicht mehr in der Nacht. Er sei doch schon ein großer Junge.

Aber die Mutter kam nie wieder heim, und die Freundin ließ sich auch nicht mehr sehen. Ein paar Tage lang fütterten ihn die Nachbarn durch, aber als sie immer öfter seufzten, sie hätten selber acht hungrige Kinder, fing er an, sein Essen aus den Mülleimern zu wühlen. Bald ließ er sich nur noch ab und zu bei ihnen blicken. Das war ihnen nur recht.

Nein, Geschwister hatte Angelito keine. Er hatte einen Zwillingsbruder gehabt, aber an ihn konnte er sich nicht mehr erinnern. Nelson hatte er geheißen. Simon und Nelson. Der Bruder war gestorben, bevor er mit ihm hatte spielen können.

»Das war gut so«, hatten die Nachbarn ihm erklärt. »Deine Mutter hatte ja schon Mühe, **einen** durchzubringen.«

Von dem Bruder träumte er oft. Einen Bruder haben: Das war das Schönste auf der Welt. Ein Bruder verriet einen nie, ein Bruder verteidigte einen, ein Bruder teilte alles mit einem, ein Bruder tröstete oder ermunterte, wie man's gerade brauchte, ein Bruder verstand einen schon allein durch den Blick, und in der Nacht konnte man sich an ihn kuscheln.

Angelito war allein. Er hatte ein paar Freunde. Aber die waren mal hier, mal da, und meistens nicht dort, wo man sie gerade dringend brauchte. Und wenn er mit ihnen bettelte, gab es manchmal Streit um das erbettelte Geld.

Wie lange war es jetzt her, dass er keine feste Wohnung mehr hatte? Als die Mutter nicht mehr gekommen war, hatte er sich immer öfter, immer länger in der Stadt herumgetrieben. Und eines Tages war er heimgekommen zu der winzigen Wohnung im Mietshaus Santander Nr. 6, da hatten Mutters Bett und der Tisch und die zwei Stühle und das Regal und der zweiflammige Gaskocher vor der Tür gestanden, und ein bisschen Kleinkram war in Plastiktüten darauf gehäuft gewesen. Von einem Handkarren wurden gerade fremde Möbel abgeladen. Eine ihm unbekannte Familie zog in Mutters Wohnung ein.

»He, was macht ihr da!«, hatte er geschrien. »Das ist **unsere** Wohnung!«

Aber sie hatten ihm erklärt, dass die Wohnung jetzt ihnen

gehörte, weil seine Mutter die Miete nicht mehr bezahlte. Er solle doch zu seinen Verwandten gehen, die würden schon für ihn sorgen.

Aber Verwandte hatte Angelito nicht. Jedenfalls nicht hier. Seine Mutter war aus der Hauptstadt heruntergekommen. Von Verwandten hatte sie nie gesprochen.

So schlief er seitdem irgendwo in der Stadt, wie es sich gerade ergab. Tagsüber bettelte er und wühlte in Mülltonnen. Wenn er Glück hatte, durfte er die Wagen auf dem Parkplatz vor dem Supermarkt Olímpico bewachen. Aber dort musste man sich schon früh am Morgen einfinden, wenn man zugelassen werden wollte. Zehn Jungen, mehr nicht. Die anderen wurden weggescheucht.

Auf der Polizeiwache waren sie nicht unfreundlich zu ihm gewesen. Sie hatten ihn gefragt, wozu er ein Feuerzeug bräuchte, und da hatte er gesagt: »Zum Feuermachen.« Auf die Frage, was er denn habe anzünden wollen und wo, hatte er nur mit den Schultern gezuckt. Du lieber Gott, was sollte man da antworten? Es gab so vieles, was sich anzünden ließ, zum Wärmen, zum Kochen, als Signal, aus Wut, aus Rache – oder einfach nur, um den Flammen zuzusehen. Sie hatten ihm einen Teller Suppe hingeschoben, und einer der Polizisten hatte ihm sogar ein Bonbon zugeworfen. Aber dann hatten sie ihn in ein Erziehungsheim stecken wollen. Die meisten Bettelkinder, die sie erwischten und die keine Familie und kein Zuhause hatten, wurden in solche Heime gesteckt. Sie hatten ihn in einen Jeep gezerrt, wie sehr er auch geweint und sich gewehrt hatte. Er wollte nicht in so ein Heim, man hörte nichts Gutes über sie. Die schon einmal dort gewesen waren, erzählten voller Angst und Hass, wie es dort zuging. Da musste aufs Wort gehorcht, da musste gelernt und gearbeitet werden. Freizeit gab es nur sonntagnachmittags, und die Strafen waren schrecklich, hieß es. Am schrecklichsten aber war angeblich, wie die Kinder miteinander umgingen, die großen mit den kleinen, die starken mit den schwachen. Wer klein war und schwach, wurde gequält und gepeinigt.

Deshalb war Angelito an der Kreuzung vor dem großen Kaufhaus vom Jeep gesprungen, war einfach hinter dem Fahrer durchgeschlüpft, als der an der roten Ampel halten musste, und im Gewühl verschwunden. Hier erwischte ihn so leicht kein Polizist, hier war er wie ein Fisch im Wasser. Im Kaufhaus zu klauen, traute er sich vorläufig nicht mehr. Schade um das schöne Feuerzeug! Das hatten ihm die Leute vom Warenhaus wieder abgenommen. Wer ein Feuerzeug besaß, war ein Mann. Angelito wäre gern ein Mann gewesen – einer, vor dem sich alle fürchteten. Einer, den die anderen um Schutz anflehten. Ein mächtiger Mann, der überall zum rechten Augenblick auftauchte und half. So einer brauchte ein Feuerzeug. Das hielt er unter die Zigarette. Oder an die Lunte der Bombe.

02

Angelito war **spät** aus dem Gebüsch im Park gekrochen, in dem er die Nacht verbracht hatte. Zwei Tage war ihm elend gewesen, vielleicht von dem halben Steak aus der Mülltonne des Restaurants **SURINAM**. Jetzt fühlte er sich besser, aber leer und hungrig. Er schlenderte über die Plaza San Martin und huschte durch die

Drehtür der **IBERO-AMERICA**-Bank. Wenn man sich seitlich vor den Schalter stellte, konnte einen der Schalterbeamte nicht sehen – vorausgesetzt natürlich, man war nicht größer als Angelito.

Er streckte dem ersten Kunden, der vom Schalter kam, die Hand entgegen und begann leise und mit großen, traurigen Augen seine Litanei von Hunger und Elend. Er konnte den Spruch auswendig, und dass man ein trauriges Gesicht machen musste, wenn man etwas bekommen wollte, hatte er von anderen Bettlern gelernt. Wenn er Glück hatte, bekam er ein paar von den kleinen Münzen zugesteckt, die dem Kunden lästig waren.

Als Angelito den vierten Kunden anbettelte, wurde er vom Bankwächter entdeckt. Der packte ihn am Kragen und beförderte ihn hinaus. Pech gehabt: Nicht eine einzige Münze hatte er bekommen!

Auf der anderen Straßenseite bettelte sein Freund Juan Ohnehand, der Lastwagenfahrer gewesen war, bis er bei einem Verkehrsunfall beide Hände verloren hatte. Der Unfall sei seine Schuld gewesen, hatte es geheißen. Und nun bekam er keine Rente und hatte doch vier Kinder, die alle noch nicht erwachsen waren. Er kauerte auf dem Bürgersteig, hielt einen alten Topf, in dem die Münzen klimperten, zwischen seine Knie gepresst und starrte ins Leere. Die beiden Stümpfe kreuzte er über der Brust, damit man sie auch deutlich sehen konnte.

Eben, als Angelito auf ihn zusteuerte, fotografierten ihn ein paar Gringas, Nordamerikanerinnen wahrscheinlich, vornehme Damen mit blonden Locken und großen Hüten. Angelito musste lachen, als er Juan Ohnehand schimpfen hörte: »Schmeißfliegen, elende! Kakerlaken! Hab ich euch erlaubt, ein Bild von mir zu machen, he? Hab ich euch erlaubt, mich mit heimzunehmen und bei euren Scheißfreundinnen herumzuzeigen? Habt ihr überhaupt keinen Anstand im Leib?«

Aber sie verstanden ihn nicht. Sie schnatterten in ihrer fremden Sprache miteinander und gingen in die Hocke, um ihn besser aufs Bild zu bekommen.

Angelito mochte den Juan Ohnehand. Er saß oft neben ihm und ließ sich von ihm erzählen. Juan Ohnehand hatte viel zu erzählen. Er war weit herumgekommen. Und zweimal hatte er im Gefängnis gesessen, einmal in einem venezolanischen, einmal in einem peruanischen, denn er hatte geschmuggelt. In Venezuela sei es lustig zugegangen, sagte er. Dagegen in Peru, da habe er Prügel bezogen. Er habe aber ordentlich zurückgeprügelt, jawohl, damals, als er noch seine Hände hatte. Jetzt tauge er nur noch zum Betteln und Weinen. Und dann weinte er.

Angelito warf einen Blick in Ohnehands Topf. Zwei Zwanzig-Centavo-Münzen, das war alles.

»Heute ist ein Pechtag«, murmelte Juan Ohnehand. »Und dann noch diese blonden Ziegen!«

»Ich hab heut auch kein Glück«, sagte Angelito und trat in die Pfütze vor Juan Ohnehands Füßen. Die blonden Damen kreischten auf und trippelten schimpfend davon.

»Danke«, sagte Juan Ohnehand. »Bist ein guter Junge.«

Angelito schlenderte weiter. Der Hunger wurde schlimmer. Er musste sehen, dass er zu Geld kam. Vielleicht geschah ein Wunder. Aber kein Passant verlor seine Geldbörse, aus keinem Einkaufskorb fiel eine Schokoladentafel, ein Brötchen oder eine Banane. Angelito bettelte vor dem Taxistand, aber die Taxifahrer scheuchten ihn weg.

An einer Trambahnhaltestelle begegnete er dem Alten, den sie »Paprika« nannten. Paprika war Taschendieb. Es hieß, er sei einmal sehr, sehr gut gewesen, einer der Großen. Aber dann habe er zu trinken angefangen. Jetzt zitterten ihm die Hände, und er taugte nur noch für die ganz idiotensicheren Sachen.

Angelito schlenderte von hinten an ihn heran und schob eine Hand ganz vorsichtig in Paprikas Jackentasche. Paprika fuhr erschrocken herum. Angelito lachte, und nun grinste auch Paprika, der einen ausgefransten Anzug trug, aber nie ohne Hut und Fliege ging. Er hob die Schultern und ließ sie wieder sinken. Mit einer hoffnungslosen Handbewegung sagte er, wieder ernst: »Scheißleben! Nichts los heute. Aber vielleicht bringst **du** mir Glück, Angelito. – Hunger?«

»Immer«, antwortete Angelito. »Aber heute besonders.«

»Ich auch«, sagte Paprika. Er spuckte auf die Erde und zertrat die Spucke mit dem Fuß. »Was sind das für Zeiten?«, seufzte er. »Die Leute tragen kein Bargeld mehr bei sich. Und **wenn**, haben sie die Hände in den Taschen.«

Sie beschlossen, zusammen auf den Gemüsemarkt zu gehen. Aber die Hauptverkaufszeit war schon vorbei, und die streunenden Hunde und Kinder hatten längst ergattert, was von den Karren und Tischen gerollt war. Angelito fand nur noch eine angefaulte Tomate und eine schmutzige Karotte. Paprika nahm die Karotte und bedankte sich.

Sie wollten schon gehen, da hatten sie doch noch Glück: Vor der Fritten-Bude fiel einem Mann eine volle Tüte auf den Boden und platzte auf. Achselzuckend kaufte er eine neue, und Angelito konnte die Pommes zusammenraffen, bevor sich die Hunde darüber hermachten. Er teilte sie mit Paprika. Der schenkte ihm dafür ein feines Damentaschentuch. Aber satt waren sie beide noch nicht.

Dann trennten sie sich. Angelito wollte zum Parkplatz vor dem Supermarkt Olímpico. Vielleicht konnte er doch noch ein paar Centavos fürs Autobewachen ergattern.

Autobewachen war kein sehr einträgliches Geschäft, aber ein sicheres. Denn kein Autobesitzer wagte es, einen Jungen, der seinen Wagen bewachen wollte, einfach abzuweisen. Denn dann würde er beim Verlassen des Supermarkts tiefe Kratzer im Lack seines Wagens vorfinden. Alle Jungen auf dem Parkplatz hatten Nägel in den Hosentaschen. Auch Angelito. Und wie wollte jemand beweisen, wer es gewesen war?

Als Angelito auf dem Parkplatz ankam, waren schon zehn Jungen dort. »He, Angelito«, rief ihm Pepe zu, der hier das Sagen hatte. »Warum kommst du so spät?«

»Ich hab zwei Tage bloß gekotzt und geschissen«, antwortete Angelito und zog die Nase hoch. »Ich hab mich erst mal ausschlafen müssen.«

Pepe warf ihm eine halb zerquetschte Banane zu. »Komm morgen früher, wenn du mitmachen willst«, rief er und rannte auf einen Wagen zu, der gerade auf den Parkplatz einbog. Pepe war der Anführer, der Chef. Er war älter als Angelito. Er hatte einen versoffenen Vater, der ihn prügelte, wenn er ohne Geld heimkam.

Auch Felipe und Tinto waren hier. Felipe kannte man aus Hunderten heraus: Seine linke Gesichtshälfte war eine einzige Narbe. Als kleines Kind sei er ins Feuer gefallen, hatte er Angelito einmal erzählt. Felipe war ein guter Kumpel. Aber neben ihm zu betteln war sinnlos: Mit seiner Narbe kassierte er alles. Manchmal wünschte sich Angelito auch so eine Narbe. Denn Felipe bekam so viel, dass er damit seine Mutter und zwei kleine Schwestern über Wasser halten konnte. Seine Mutter war krank, sie konnte nicht arbeiten. Die Schwestern brachte er manchmal zum Betteln mit. Dann kauerten sie neben ihm und hielten auch die Hand auf.

»Sie müssen beizeiten was lernen«, sagte er, wenn jemand über die Kleinen den Kopf schüttelte.

Felipe war nicht geizig. Wenn Angelito einen Pechtag hatte, gab er ihm schon mal was ab. Aber heute zuckte er mit den Schultern. Er hatte noch so gut wie nichts eingenommen. Und zuerst musste er an seine Familie denken.

Tinto kam gelaufen – auch einer, der nirgends zu Hause war, wie Angelito. Tinto war einen halben Kopf größer und dunkelhäutig. Seine oberen Schneidezähne waren fast ganz weggefault. Eigentlich hieß er Jorge, aber er wurde nur »Tinto« gerufen, »Schwarzer Kaffee«. Wenn sie nebeneinander bettelten, bekam Angelito viel mehr als Tinto. Aber Angelito teilte mit ihm. Dafür beschützte ihn Tinto vor fremden Jungen, denn er war viel stärker als er. Und nachts schliefen sie meistens zusammen. In einem Kanalrohr. Oder im Gebüsch.

Manchmal verschwand Tinto für ein paar Tage. Dann fuhr er auf irgendeinem Lastwagen hinüber nach El Carmen, wo fast nur Schwarze lebten. Seine Mutter stammte aus El Carmen, und Tinto hatte noch einen Urgroßvater dort. Nur zu betteln gab es da nicht viel, und der Urgroßvater hatte selber Mühe, satt zu werden. In El Carmen lebten fast alle vom Fisch. Und wenn Tinto von El Carmen zurückkam, stank er noch tagelang danach.

03

»Komm«, sagte Tinto, »gehn wir auf Mülltour nach Christo Rey.«

»Nach Christo Rey?«, fragte Angelito. »Dort sind doch viel zu viele Hunde und Polizisten –«

»Wir sind schnell«, antwortete Tinto. »Dort soll jemand schon mal eine silberne Schöpfkelle in einer Mülltonne gefunden haben.«

Angelito dachte heute nicht gern an Mülltonnen. Dieses verdammte Steak aus der Mülltonne des **SURINAM**! Es hatte so gut ausgesehen und so schön satt gemacht. Und dann ...

Aber was half's? So was war eben Glückssache. Und so trottete er neben Tinto her zur Trambahnlinie, die ins Viertel Christo Rey führte. Sie wollten sich an die Rückfront der Tram hängen. Aber die erste war schon zu voll. Sie kamen erst mit der nächsten mit.

Angelito fuhr gern mit der Tram. Da flitzte alles so schnell an einem vorbei. Da konnte man sich vorstellen, man fahre im Auto. Im **eigenen** Auto.

Im Vorüberfahren winkte er seinen Bekannten zu: Auf den Stufen der Kirche San Isidro saß die alte Petrona. An die hielt er sich, wenn er sich krank fühlte. Einmal hatte er sich den kleinen Finger gebrochen, und sie hatte ihn geschient. Ein anderes Mal waren ihm die Mandeln so dick angeschwollen, dass er kaum hatte schlucken können. Sie hatte ihm Salz geschenkt. Er solle mit Salzwasser gurgeln. Das hatte er am Springbrunnen auf der Plaza Mayor getan, und es war wirklich besser geworden.

Sie fuhren über den Trödelmarkt am Fluss, und er grüßte Marisol, die einen großen Stand direkt am Quai hatte. Sie verkaufte das, was Paprika und andere Taschendiebe den Leuten abnahmen, und alles Brauchbare, was Angelito und andere Habenichtse auf den großen Müllkippen und in den Mülltonnen fanden: vom Abendkleid bis zur Klobürste und vom Kaffeelöffel bis zur Babyrassel.

Einmal hatte Angelito neben einer Mülltonne einen noch sehr schönen Koffer gefunden. Nur die Ecken waren ein bisschen abgestoßen gewesen. Echt Leder. Den hatte er nicht auf der Trambahn mitbefördern können.

Den ganzen langen Weg bis zum Quai hatte er ihn geschleppt, stundenlang in der prallen Sonne. Die meiste Zeit hatte er ihn auf dem Kopf getragen. Und dann – er hatte Marisol in der Ferne schon sehen können! – hatte ihm ein Kerl, breit wie ein Kleiderschrank, den Koffer aus den Händen gerissen und war damit abgehauen.

»Dafür hätte ich dir einen Zwanziger gegeben«, hatte Marisol gesagt, als er ihr von seinem Pech erzählt hatte. »Koffer sind immer gefragt, vor allem die aus Leder. Die machen was her.«

Alles umsonst, die ganze Schinderei. Schweinehund!

Ein anderes Mal hatte er in einem Mülleimer eine riesengroße Suppenterrine gefunden. Aus Porzellan, mit Gold-rand, scheußlich schwer. Vorsichtig, Schritt für Schritt, hatte er sie auf dem Kopf balanciert. Aber in dem großen Gedränge auf der Plaza Mayor war sie ihm dann doch heruntergefallen, und aus der Traum. Er hatte eine Scherbe aufgehoben, mitgenommen und Marisol gezeigt.

»Echtes Porzellan«, hatte sie gesagt. »Junge, Junge, da hast du dir das große Los zerscherbelt!«

In der Avenida Treinta de Julio entdeckte Angelito die Schwestern Catalina und Yolanda. Sie standen an einer Ecke und verkauften Quittenmark, in Würfel geschnitten und in Hagelzucker gerollt. Das Quittenmark kochte ihre Mutter. Die Schwestern hatten einmal im selben Mietshaus gewohnt, in dem Angelito mit seiner Mutter gewohnt hatte. Aber eines Tages war ihr Vater in die Hauptstadt hinaufgefahren und nie wiedergekommen. Ihre Mutter hatte die Wohnung nicht mehr bezahlen können und war mit den Kindern hinausgezogen nach Los Siete Cerros, wo es noch keine Wasserleitung gab und wo die Pfützen stan-ken. Als sie noch im selben Haus gewohnt hatten, waren sie Spielkameraden gewesen, er und die Mädchen. Sie freu-ten sich jedes Mal, wenn er vorbeikam. Und wenn er ge-rade Geld bei sich hatte, kaufte er ihnen einen oder zwei Würfel ab. Die schmeckten wirklich gut.

Ach, die Stadt war doch voller Freunde! Vor den Stufen zum Distriktgericht saß Euclides, der Schuhputzer. Er war fast doppelt so alt wie Angelito. Einer, der lesen und schrei-ben konnte und den Richtern und Gerichtsschreibern und Advokaten die Schuhe putzte. Euclides hatte Angelito ver-sprochen, ihm einmal seine Schuhputzerausrüstung zu überlassen – wenn er's zu was gebracht hatte, zu etwas Großem. Seit einem halben Jahr besuchte er die Abendschule. Angelito bewunderte ihn sehr.

Die Tram fuhr über die Brücke, dann die Avenida Principal entlang bis fast ans Ende, dann in einer eleganten Schleife um den Park La Libertad, bis dorthin, wo auch die Nebenstraßen breit und von Bäumen beschattet waren und die Villen weit auseinander in herrlichen Gärten standen.

»An der nächsten Haltestelle springen wir ab!«, rief Tinto. Das taten sie und rannten davon, als ein Polizist hinter ihnen her schimpfte.

In einer breiten Allee begannen sie, in den Tonnen zu wühlen, immer nur einer, der andere gab Acht, ob jemand kam. Sie fanden ein paar gekochte Kartoffeln, die in Zigarettenasche gefallen waren. Tinto wischte sie an seiner Flickenhose sauber und gab Angelito die Hälfte davon ab. Während sie die Kartoffeln verschlangen, spähten sie unruhig umher. Hinter dem Gartentor bellten Hunde. War das Tor gut verschlossen? Kam kein Wächter um die nächste Ecke? Kein Polizist?

»Weißt du, wie ich mir vorstelle, wie's ist, wenn man tot ist?«, fragte Tinto mit vollem Mund. »Da wird's ganz hell und kühl, wie nach einem Platzregen, und dann steh ich in einem weißen Hemd und sauber gewaschen vor so einem Gartentor, und das Tor geht auf, und ich seh die Villa, die ist weiß und rot, und ich seh, wie ein weißer Mann und eine weiße Frau aus der Villa kommen, genau auf mich zu, und sie breiten die Arme aus und lachen und rufen: ›Wir sind jetzt deine Eltern, Jorge, bis in alle Ewigkeit!‹«

»Wie im Film«, sagte Angelito. »wenn ich genau wüsste,

dass es so wird, würde ich's gar nicht abwarten können tot zu sein. Aber Paprika hat gesagt, das ist alles Humbug. Alles Lüge, das mit der ewigen Seligkeit und dem Paradies. Das flunkern sie uns nur vor, damit wir nicht jetzt gleich die Villen und Autos und das alles haben wollen.«

»Wenn das wirklich so wäre«, sagte Tinto nachdenklich, »so ungerecht, und wir hätten keine Aussicht, dass die Reichen uns irgendwann mal zu sich holen und alles mit uns teilen, dann würde ich ... dann würde ich reinstürmen in ihre Häuser und ihnen die Möbel zusammenschlagen und alles anzünden, dann hätte keiner mehr was. **Das** wär gerecht.«

Angelito hörte auf zu wühlen und dachte nach, bis Tinto ihn weiterzog.

Aus der Tonne vor dem übernächsten Haus fischten sie, ohne sich von dem wilden Gekläff hinter der Gartenmauer stören zu lassen, ein Stück Weißbrot mit Schimmelflecken. Freudestrahlend hob Angelito es hoch, ließ es aber im nächsten Augenblick wieder fallen, denn ein Mann riss das Gartentor auf, und ein Hund schoss heraus. Es war ein Spitz. Er rannte hinter den flüchtenden Kindern her und schnappte nach ihren Waden.

»Lasst euch nicht noch einmal hier blicken!«, schrie ihnen der Mann nach. »Oder ich lass den großen von der Kette!« Dann lachte er, dass sie ihn noch hörten, als sie schon etliche Gärten weiter waren.

Hier machte die Avenida eine Kurve, und fast rissen sie drei kleine Mädchen in weißen Shorts und bunten Blusen um, die sich über einen Puppenwagen beugten. Zwei Dunkelhaarige und eine mit blonden Locken.

»Stell dir vor, die wären deine Schwestern!«, keuchte Tinto.

Dann sahen sie den Polizisten, der auf der anderen Straßenseite entlangpatrouillierte. Er wandte ihnen den Rücken zu. So gelang es ihnen, in eine Seitengasse hineinzuflitzen, bevor er sie entdeckte.

04

Die Seitengasse erwies sich als **Sackgasse.** An ihrem Ende lag eine große, flache Villa auf einem Rasenhügel zwischen hohen Bäumen. Sie war nicht von einer Mauer, sondern von einem Metallzaun umgeben, der nach oben hin in scharfen Spitzen endete. Durch die Gitterstäbe konnte man den ganzen Garten liegen sehen. Blumenrabatten umsäumten den Weg, der vom Tor zum Haus führte. Die Stämme zweier Bäume neben dem Haus waren mit einem Balken verbunden. Daran hing eine Schaukel. Niemand saß darauf, aber sie bewegte sich noch.

Angelito spähte umher. Hier gab es anscheinend weder Hund noch Wächter. Nur ein Junge stand hinter dem Tor, weißhäutig, dunkelhaarig, mit Brille und unglaublich sauber. Er war ungefähr so groß wie Angelito, nur rundlicher. Sein Hemd und seine Hose waren makellos weiß, und das Haar trug er sorgfältig gescheitelt. Aufmerksam beobachtete er die fremden Jungen durch seine dicken Gläser.

»Kommt ihr betteln?«, fragte er, als sie unschlüssig vor dem Tor stehen blieben.

»Kriegen wir was?«, fragte Tinto zurück.

»Meine Mutter gibt Bettlern kein Geld«, sagte der Junge.
»Aber aus der Küche könnt ihr was zu essen kriegen.
Kommt rein.«
Er öffnete ihnen das Tor und schloss es hinter ihnen.
»Habt ihr keine Hunde?«, fragte Tinto misstrauisch.
»Wir hatten einen«, antwortete der Junge. »Einen ganz
großen, Tristan hieß er. Dem hat jemand vergiftetes Fleisch
über den Zaun geworfen ...« Er schluckte. »Vorige Woche
erst.«
Angelito und Tinto schwiegen.
»Alicia!«, rief der Junge durch das Küchenfenster, »zwei
Bettler!« Eine Frau erschien hinter den Gitterstäben, die
vor dem Fenster angebracht waren.
»Du sollst sie doch nicht hereinholen, Gregorio«, sagte sie
vorwurfsvoll. »Warum hörst du nicht auf deine Eltern?«
Sie verschwand. Nach einer Weile öffnete sie eine Nebentür
und reichte Tinto und Angelito zwei belegte Brötchen.
»Ihr seid ja mal ein ungleiches Paar«, sagte sie, während
die Jungen die Brötchen herunterschlangen. Und zu
Gregorio gewandt, halblaut: »Du weißt doch, was deine
Mama ...«
»Sie ist ja nicht da«, antwortete Gregorio laut. Er drehte
ihr den Rücken zu und fuhr fort: »Ich will mir ein
Baumhaus bauen, aber allein schaff ich das nicht.«
»Geht jetzt fort«, sagte die Frau ungeduldig. »Doña Laura
erlaubt's nicht, dass er mit Straßenkindern spielt. Und ich
bekomme dann die Schwierigkeiten.«
»Hört nicht auf sie«, sagte Gregorio. »Sie ist die Köchin,
sie hat hier gar nichts zu bestimmen. Als Erster bestimmt
mein Papa, als Zweite meine Mama, und als Dritter ich.«

»Aber ich muss es ausbaden, wenn du nicht folgst«, seufzte die Köchin und kehrte ins Haus zurück.

»Also was ist«, sagte Gregorio. »Macht ihr mit?«

»Was zahlst du?«, fragte Tinto.

Gregorio sah ihn verdutzt an. »Das ist doch keine Arbeit«, sagte er. »Das ist Spielen.«

»Ich mach mit«, sagte Angelito. »Was ist ein Baumhaus?«

Gregorio zeigte auf einen mächtigen Baum mit ledrigen Blättern. Der Stamm war fast breiter als hoch, und schon zwei Meter über dem Boden verzweigte er sich nach allen Seiten. Von einem der Äste hing eine Strickleiter herunter.

»Eine Hütte auf dem da, ganz oben in der Krone und so groß, dass wir alle drei hineinpassen«, erklärte er.

»Spinnst du, Angelito?«, sagte Tinto finster. »Bretter schleppen und hämmern und sägen – für nichts! Und wenn das Ding fertig ist, wirst du fortgeschickt, und er lacht sich ins Fäustchen.«

»Es wird ein Spaß«, sagte Angelito.

»Spaß –!«, sagte Tinto verächtlich. »wenigstens satt werden müssen wir dabei. Das ist unsere Bedingung.«

Gregorio lief an Alicia vorbei, die mit einem Küchenstuhl und einer Schüssel voll Obst aus der Tür kam. Er ging ins Haus und kehrte mit zwei Tafeln Schokolade zurück. Die eine reichte er Tinto, die andere Angelito.

»Und dann gibt's noch ein Abendessen«, sagte er.

Die Jungen kauten und nickten.

»Gregorio, Gregorio«, sagte Alicia, immer noch den Stuhl und die Schüssel in den Händen, »das wird Ärger geben.«

»Keine Angst, **dir** kündigt sie nicht«, lachte Gregorio. »Sie hat dich doch noch nie beim Klauen erwischt.«

Dann winkte er den Jungen und lief mit ihnen in die Garage, wo eine große Kiste stand.

»Unsere neue Kühltruhe kam da drin«, erklärte er. »Sie wollten sie wieder mitnehmen, aber ich hab gesagt, die bleibt da – fürs Baumhaus.«

Zu dritt trugen sie die Kiste unter den Baum, wo Alicia jetzt auf dem Stuhl saß und Obst schälte. Sie war im Weg. Sie musste beiseite rücken. Dann zogen sie die Kiste an zwei Stricken in den Baum hinauf, banden und nagelten sie an den Ästen fest und schlossen ihre Wände mit Latten und Wellpappestücken. Ein Schlupfloch und nach jeder Seite ein kleines Fenster zum Ausspähen ließen sie frei. »Damit man die Polizisten rechtzeitig sehen kann«, meinte Tinto.

»Das Haus ist nicht schlechter als die Hütten in Los Siete Cerros«, sagte Angelito. »Dort hab ich Bekannte. Das gleiche Material. Nur dass die dort größer sind.«

Anfangs war Gregorio der Boss gewesen. Aber Angelito und Tinto hatten bald gemerkt, dass er nicht viel von Hütten und Versteckplätzen verstand. Tinto war der Beste im Stemmen und Schleppen und Hämmern, Angelito war besser im Tüfteln. Er fand heraus, wie man den Fußboden festmachen und das Dach ausdichten konnte.

»Junge, das gibt Ärger!«, jammerte Alicia unter dem Baum, als sie zu dritt ins fertige Baumhaus krochen.

Aber Gregorio kümmerte sich nicht um sie. Nur als er eine Fahne für sein Baumhaus brauchte, schickte er sie nach einem roten Stück Stoff ins Haus. Aber sie fand nur eine rote Plastiktüte.

»Die ist noch besser«, sagte Angelito. »Die blasst nicht aus.«

Dann musste Alicia drei Flaschen Coca-Cola aus der Küche holen und an die Schnur binden, die aus dem Geäst herabhing. Eine nach der andern wurde hinaufgezogen. Was für ein Leben! Die Coca-Cola schäumte aus den Flaschenhälsen und tropfte auf Alicia hinunter.

Wenn wir das den anderen erzählen, sie werden es uns nicht glauben, dachte Angelito.

Plötzlich schrak Tinto zusammen, stieß Angelito mit dem Ellenbogen an und zeigte durch das Laub zum Gartentor. Draußen stand ein Mann.

Auch Angelito erschrak. »Kommt der hier rein?«, fragte er Gregorio.

»Der?«, sagte Gregorio. »Aber nein. Das ist Luis, der bewacht unseren Häuserblock. In dieser Woche ist er tagsüber dran. Immer rund um den Block. Pablo hat die Nachtwache. Aber Luis ist besser als Pablo. Den Hund haben sie während Pablos Wache vergiftet. Bei Luis hätten sie sich das nicht getraut. Er hat schon mal einen Einbrecher erwischt. Der wollte gerade bei uns zum Flurfenster herein, und er hat ihn fürchterlich verprügelt. Als die Polizei kam, haben sie ihn in den Wagen tragen müssen. Und an unsere Mülltonne lässt Luis auch niemanden ran, nicht mal streunende Hunde. Von uns kriegt er nämlich ein besonders fettes Trinkgeld – noch außer dem Anteil, den jeder Nachbar im Block zu bezahlen hat.«

Tinto und Angelito sahen sich an.

»Alles in Ordnung?«, rief Luis durch das Gitter.

»Er wartet auf eine Coca-Cola«, sagte Gregorio. Er legte die Hände an den Mund und rief zurück: »Alles in Ordnung, Luis!«

Alicia holte schon die Cola aus dem Haus und brachte sie ihm ans Tor. Er trank sie in ein paar Zügen aus, wischte sich den Schnurrbart ab und rief zum Baum hinauf: »Es scheint, du hast Besuch, Junior!«

Angelito und Tinto erstarrten.

»Gute Freunde!«, rief Gregorio hinunter.

»Brav, brav«, schnarrte Luis und stapfte davon. Der Gummiknüppel, der an seinem Koppel hing, pendelte im Takt seiner Schritte.

»Vor dem braucht ihr doch keine Angst zu haben«, sagte Gregorio. »Der tut euch nichts.«

»Und wenn er uns **vor** dem Tor treffen würde?«, fragte Tinto.

»Heute lässt er sich vor dem Tor nicht mehr sehen«, sagte Gregorio. »Es ist ja bald sechs, da geht er heim. Dann kommt Pablo.«

»Bis dahin sind wir fort«, sagte Tinto erleichtert.

Aber daran mochte Angelito jetzt nicht denken. Es war ein so unglaublicher Nachmittag.

»Schick sie jetzt fort, Gregorio!«, rief Alicia von unten. »Deine Eltern werden bald kommen.«

Aber Gregorio tat, als habe er nichts gehört. Sie spielten Tarzan und die Gorillas. Erst war Gregorio Tarzan, und Angelito und Tinto waren die Gorillas. Dann tauschten sie reihum. Als Tinto Tarzan war, hupte es vor dem Tor. Alicia sprang auf und lief hin, um es zu öffnen.

»Das sind Papa und Mama«, sagte Gregorio.

Er hangelte sich bis zur Strickleiter, kletterte hinunter und lief auf den Wagen zu, der zwischen den blühenden Rabatten zur Garage fuhr.

»Sollen wir abhauen?«, flüsterte Angelito.

Tinto spähte zum Tor hinüber. Aber Alicia hatte es schon wieder geschlossen.

»Und das Abendessen?«, sagte er und beobachtete den Wagen.

Ein Herr ganz in Weiß und eine Dame in hellblauer Hose und weißer Bluse stiegen aus. Wie konnte man nur einen ganzen Tag lang so hell und sauber bleiben? Die Dame beugte sich nieder und küsste Gregorio auf die Stirn.

»Wir haben ein Baumhaus gebaut, Mama«, sagte Gregorio.

»Wer **wir**?«, fragte die Dame und schaute über Gregorio hinweg zum Baum herüber.

»Es sind zwei von der Straße, Señora«, sagte Alicia. »Er hat sie hereingeholt und mit ihnen gespielt. Ich habe ihm gesagt, er soll sie fortschicken, aber er hört einfach nicht. Ich hab sie nicht aus den Augen gelassen, Señora.«

»Gregorio!«, sagte die Dame. »Hab ich dir das nicht hundertmal verboten?«

»Es war so schön«, antwortete Gregorio. Dann hob er den Kopf und setzte trotzig hinzu: »Alle haben jemanden zum Spielen, nur ich nicht!«

»Sag **du** was«, sagte die Dame zu dem Herrn, der eben die Wagentür zuwarf.

Er war verschwitzt. Man sah ihm an, dass er nicht viel Lust zum Debattieren hatte. »Dass du keine Geschwister haben kannst, weißt du«, sagte er zu Gregorio. »Und mit so einem haben wir's ja schon versucht. Das ging daneben, und jetzt ist Schluss. Es gibt Schlimmeres, als ohne Spielkameraden auskommen zu müssen.«

»Schicken Sie sie fort, Alicia«, sagte die Dame und wollte zur Haustür hinübergehen.

»Aber die beiden – mit denen bin ich gut ausgekommen!«, rief Gregorio. »Mit denen wär ich zufrieden, bestimmt!«

»Das hast du bei dem anderen auch gesagt«, sagte die Dame.

»He, ihr zwei, kommt mal runter!«, rief der Herr.

Zögernd kletterten Angelito und Tinto an der Strickleiter herab und blieben Seite an Seite stehen, bereit, jeden Augenblick davonzulaufen. Um ihre Münder klebten noch Schokoladenreste.

»Ich wette, sie sind verlaust«, sagte die Dame angewidert. »Wenn der Schwarze nicht sogar die Krätze hat. Das war das letzte Mal, Gregorio, hörst du!«

»Guck dir den mal an«, sagte der Herr und zeigte auf Angelito. »Kurios. Europäische Abstammung, eindeutig. Nur heruntergekommen. Denk dir den Dreck weg, dann sieht er ganz passabel aus.«

»Der Schwarze hat jedenfalls die Krätze«, sagte die Dame.

»Du machst, dass du verschwindest«, sagte der Herr zu Tinto, »und zwar sofort!«

»Ich krieg noch ein Abendessen«, sagte Tinto. »Er hat uns ein Abendessen versprochen.«

»Stimmt«, sagte Gregorio. »Er hat alles zusammengenagelt.«

»Hier«, sagte der Herr und gab Tinto einen Schein. »Das reicht für drei Tage. Und jetzt ab – aber fix!«

Tinto sah Angelito an.

»Und du?«, sagte er.

»Rufen Sie Luis, Alicia!«, sagte der Herr.

Da rannte Tinto zum Tor, und Alicia lief hinter ihm her, um es ihm zu öffnen. Von draußen schaute er noch einmal zurück in den Garten und heulte: »Schweine! Schweine!« Dann lief er fort.

»Tinto!«, rief Angelito und brach in Tränen aus.

05

»Hör auf zu weinen«, sagte der Herr zu Angelito. »Hier tut dir keiner was. Wie heißt du?«

»Angelito«, schnaufte Angelito und wischte sich Augen und Nase mit dem Ärmel ab.

Der Herr lachte: »Da hat sich also ein Engelchen in unseren Garten verirrt.«

»Darf ich ihn behalten?«, fragte Gregorio und griff nach Angelitos Hand.

»Fass ihn nicht an«, sagte die Dame. »Erst muss er mal unter die Dusche, dann sehen wir weiter.«

Noch als Angelito nackt unter der Dusche stand und Alicia ihn abschrubbte, liefen ihm die Tränen über die Wangen.

»Du musst nicht weinen«, tröstete ihn Alicia. »Sie werden dich schön anziehen, und du wirst dich satt essen. Genieß es einfach. Dein ganzes Leben lang wirst du dich daran erinnern.«

»Und Tinto?«

»Vielleicht bist du früher wieder bei ihm, als du denkst«, sagte Alicia mit einem schiefen Lächeln. »Die Leute sind launisch.«

Sie wusch ihm das Haar, kämmte und föhnte es. Auch die

Nägel schnitt sie ihm. Dann brachte sie ihm weiße Unter-
wäsche, weiße Hosen und ein weißes T-Shirt. Die Sachen
dufteten. Er wagte sie kaum zu berühren, aber Alicia
drängte ihn, sie rasch anzuziehen. Mit den Socken kam er
nicht klar. Noch nie in seinem Leben hatte er Socken getragen. Alicia zog sie ihm an und half ihm auch in die
Sandalen, die Gregorio gehörten. Sie schubste ihn vor den
Spiegel, der vom Boden bis fast an die Decke reichte, und
sagte: »Schau dich an. Das bist du.«
Angelito riss die Augen auf, aber er blieb stumm.
»So was auf nüchternen Magen«, sagte Alicia, »das kann
einem schon die Sprache verschlagen.«
»So hat Tinto sich vorgestellt, dass er aussieht, wenn er tot
ist«, sagte Angelito.
»Recht hat er«, sagte Alicia. »Im Leben wird er jedenfalls
nie so aussehen. Höchstens im Karneval, wenn er sich als
Reicher verkleidet. Und die feine Kluft dazu müsste er sich
erst zusammenklauen. Aber so sauber wie du jetzt wär er
dann noch lange nicht.«
Angelito seufzte.
»Freu dich lieber«, sagte Alicia. »Das kann dir hinterher
niemand mehr nehmen. Und jetzt pass auf: Rülps nicht
und schmatz nicht, bohr nicht in der Nase und schneuz
dich nicht mit den Fingern. Sag **Bitte** und **Danke**, das
mögen sie. Und vergiss nie, dich zu waschen. In diesen
Kreisen sind reinliche Leute bessere Leute. Und wehe, du
klaust! Dann jagen sie dich fort, egal, wie oft sie dir vorher
gesagt haben, dass sie dich mögen.«
»Mir ist so komisch«, sagte Angelito.
Alicia nickte. Sie kannte das. »Weil hier alles so groß und

so neu und so teuer ist«, sagte sie. »Und vor allem so sauber.«

Sie nahm ihn bei der Hand und führte ihn in einen großen hellen Raum, in dem in weiten Abständen riesige Möbel standen. Angelito starrte zuerst den Bücherschrank an, dann das Sofa, das weder längs noch quer in die winzige Wohnung gepasst hätte, in der er mit seiner Mutter gewohnt hatte.

»Und nenn sie niemals Vater oder Mutter«, flüsterte ihm Alicia zu. »Es sind **Gregorios** Eltern. Nenn sie Señor und Señora.«

Auf dem Sofa saß Gregorio neben seiner Mutter. Sein Vater saß ihm gegenüber in einem breiten Sessel. Als Angelito erschien, drehten sich alle drei nach ihm um und betrachteten ihn neugierig.

»Gar nicht übel«, meinte der Herr.

»Hatte er Läuse?«, fragte die Dame.

»Natürlich«, antwortete Alicia. »Aber ich hab ihm den Kopf mit der Läusepaste gewaschen.«

»Morgen machen Sie ihm eine Nachkur, für alle Fälle«, sagte die Dame.

Der Herr begann Angelito auszufragen. Er fragte ihn nach seinem Vater und seiner Mutter, nach seinem Zuhause, wo er in letzter Zeit geschlafen und was er gegessen habe, und ob er jemals krank gewesen sei. Wie auf der Polizeiwache. Ja, Señor, nein, Señor, weiß nicht, Señor. Er fragte Angelito auch, ob er lesen und schreiben könne. Und als Angelito den Kopf schüttelte, lachte Gregorio. Was er so den ganzen Tag getrieben habe, wollte der Herr wissen. Und als Angelito antwortete: »Gebettelt und auf Mülltour gegangen«, verzog die Dame das Gesicht. Und dann fragte der Herr, ob er Freunde habe.

Angelitos Gesicht hellte sich auf. »Ja, Señor«, sagte er, Tinto und Juan Ohnehand und Paprika und Euclides und Marisol und –«

»Wovon leben sie?«, unterbrach ihn die Dame.

Angelito begann stockend zu erzählen.

»Bettler und Diebe also«, unterbrach ihn die Dame wieder. »Ich wette, du hast auch schon geklaut.«

Angelito blieb stumm.

»Dafür kann er nichts«, sagte der Herr. »Er hat's ja nicht anders gelernt.« Aber zu Angelito gewandt sagte er scharf: »Damit ist jetzt Schluss, verstanden! Du bekommst hier alles, was du brauchst. Auch Freunde. Deine Freunde sind jetzt **hier**. – Wie heißt du eigentlich richtig?«

»Simon, Señor«, flüsterte Angelito.

Der Herr winkte ihn zu sich heran, ließ ihn den Mund öffnen und schaute hinein.

»Er muss zum Zahnarzt«, sagte er.

»Geben Sie ihm in der Küche etwas zu essen«, sagte die Dame zu Alicia, »und lassen Sie ihn in der zweiten Mädchenkammer schlafen.«

»Aber ich wollte ihn doch bei mir haben!«, rief Gregorio.

»Diesmal wollen wir nichts überstürzen«, meinte die Dame. »Wer weiß, was **er** für Gewohnheiten hat.«

»Er wäre heute Abend sowieso noch nicht sehr gesprächig«, fügte der Herr hinzu. »Er muss erst auftauen.«

Alicia schob Angelito hinaus. Sie gab ihm in der Küche zu essen, wie die Dame befohlen hatte.

Erst saß er stumm vor dem Teller und wagte sich nicht zu

rühren. Aber als sie ihn ermunterte, stürzte er sich auf das Essen. Er versuchte es mit Messer und Gabel, aber bald legte er das Besteck beiseite und aß mit den Händen weiter. Er stopfte Reis und Fleisch in sich hinein und schmatzte so laut, dass Alicia hastig die Küchentür schloss.

»Heute lass ich dich noch fressen wie ein Vieh«, sagte sie. »Aber ab morgen bring ich dir bei, wie man in Villen isst. Nicht wegen mir, damit du das gleich weißt. Und wenn du's mal satt hast, hier bei denen, sag's mir. Dann mach ich dir das Tor auf.«

»Ich bleib hier«, sagte Angelito. »Für immer.«

»Das hat der andere auch gesagt«, seufzte Alicia.

»Welcher andere?«, fragte Angelito.

»Sie haben's vor dir schon mit einem anderen probiert«, erzählte Alicia, während sie Geschirr wusch. »Camilo hieß der. Aber er wollte sich das Rülpsen und die Schimpfwörter nicht abgewöhnen. Ich hab ihn gemocht. Er war so ein armes Luder. Aber er hat sich nicht schnell genug in das verwandeln können, was sie haben wollten. Das war sein Pech.«

Sie beugte sich über ihn und flüsterte: »Aber er hat noch die Geldbörse von Don Fernando mitgenommen, als sie ihn wieder fortschickten.« Sie lachte. »Du bist ihr zweiter Versuch, deshalb sind sie so misstrauisch.«

»Warum machen die sich nicht selber Kinder, wenn sie noch welche wollen?«, fragte er.

»Sie kann keine mehr kriegen«, erklärte sie. »Und Gregorio liegt ihnen trotzdem dauernd in den Ohren.«

Sie ließ ihn Hände und Mund waschen und führte ihn in eine Kammer, in der eine Metallpritsche stand.

»So, hier kann dich keiner stehlen«, sagte Alicia. »Draußen ist der Wächter, und ich schlafe nebenan.«

Sie gab ihm einen Schlafanzug von Gregorio. Er starrte ihn verständnislos an, und als ihm Alicia sein T-Shirt ausziehen wollte, wehrte er sich. In Kleidern und Sandalen ließ er sich auf die Pritsche fallen. Unter halb geschlossenen Lidern beobachtete er Alicia, wie sie das Licht ausknipste, hinausging und die Tür leise hinter sich schloss.

Eine halbe Stunde später fuhr er aus dem Schlaf: Er hörte Schritte auf dem Flur. Dann wurde die Tür zu seiner Kammer einen Spalt geöffnet. Angelito blinzelte ins Licht.

»Schlaf ruhig weiter«, sagte Gregorios Mutter. »Wir wollten nur noch mal nach dir sehen.«

»Schlaf gut, Simon«, sagte Gregorios Vater. »Bis morgen.« Dann ging die Tür wieder zu.

»Wenigstens die Sandalen hätten Sie ihm ausziehen können«, hörte Angelito die Dame zu Alicia sagen.

Jetzt war er wach. Er lauschte. Fern hupte ein Auto. Hunde bellten. Wo Tinto jetzt wohl war? Ob ihn der Wächter doch noch erwischt hatte? Dann war er jetzt auf der Polizeiwache. Wenn nicht, war er wahrscheinlich bei den anderen im Park. Oder im Kanalrohr? Oder auf dem Friedhof? Dort gab es auch gute Schlafplätze. Nur ein bisschen gruselig. Er selber hatte nie auf dem Friedhof geschlafen, obwohl ihn Tinto schon oft dorthin hatte mitnehmen wollen. Manchmal gingen auch die Friedhofswärter mit ihren Hunden Streife.

Nach einer Weile hörte er Schritte aus der Küche in die Nachbarkammer tappen. Er schlich zur Tür und öffnete sie leise. Nebenan hörte er jemanden hantieren. Das konnte nur Alicia sein. Er rief sie leise. Sie streckte den Kopf aus der Kammer. »Lass mich bei dir schlafen«, flüsterte er. »Es ist alles so komisch hier. Ich brauch kein Bett, ich schlaf auf dem Boden.«

»Komm«, sagte Alicia, »kannst auf dem Teppich schlafen. Aber das dürfen sie nicht erfahren, hörst du? Sie verstehen nichts von Angst. Und morgen, ganz früh, werd ich dich wieder hinüberscheuchen.«

Er rollte sich auf dem schäbigen Teppich vor Alicias Bett zusammen und schlief augenblicklich ein. In der Nacht übergab er sich. Aber Alicia putzte alles weg. Er wusste, sie würde nichts verraten.

06

Angelito erwachte früh. Er war daran gewöhnt, **seinen Schlafplatz** – das große Beton-Kanalrohr, das irgendeine Baufirma auf einem verwilderten Bauplatz vergessen hatte – schon vor Sonnenaufgang zu verlassen, denn die Polizisten und Wächter machten ihre Runden, bevor es heiß wurde. Alicia schlief noch. Auf Zehenspitzen schlich er in seine Kammer zurück. Er setzte sich auf die Pritsche und schaute sich um. Noch nie in seinem Leben hatte er ein Zimmer für sich gehabt, nicht einmal damals bei seiner Mutter. Eine schöne Kammer: weiße Wände, ein kleines Fenster, gekachelter Fußboden. Hinter einem Plastikvorhang war sogar ein Klo und daneben, seitlich unter der Decke, eine Brause. Auch ein kleines Waschbecken war da. So mussten Hotelzimmer aussehen.

Nebenan hörte er Geräusche. Alicia stand auf. Er hörte, wie sie duschte, dann schaute sie zu ihm herein. Sie redete ihm zu, noch eine Weile zu schlafen, und ging in die Küche. Bald darauf hörte er Gregorios Stimme in der Küche: »Aber ich will mit ihm spielen!«

In der Nacht hatte Angelito von Tinto geträumt. Aber jetzt waren seine Gedanken bei Gregorio. Er sprang auf, schlüpfte durch den Türspalt auf den schmalen Flur und spähte in die Küche. Gregorio war nicht mehr da.

»Ja, komm nur«, sagte Alicia, die am Herd hantierte und ihm den Rücken zukehrte. »Aber du musst gleich wieder unter die Dusche – mit allem Drum und Dran. So ist das hier.«

Also ließ sich Angelito noch einmal abschrubben, ließ sich die Haare mit der Paste waschen, die in den Augen brannte und ihn in Panik versetzte. Kopfschüttelnd sah Alicia dem Wasser nach, das kreisend und gurgelnd im Abflussloch verschwand, denn es war immer noch schmutzig. Sie reichte ihm das Handtuch. Dann legte sie ihm frische Wäsche auf den Plastikhocker.

Angelito zeigte auf die Kleider, die er am vergangenen Abend und in der Nacht getragen hatte. Er hatte sie schön zusammengefaltet auf den Hocker gelegt, aber Alicia hatte sie mit einer achtlosen Bewegung auf den Boden gewischt: »Hier wird nichts länger als einen Tag angezogen, höchstens, dann kommt's in die Wäsche.«

Angelito hatte seine Lumpen nie gewaschen. Manchmal war er von einem Platzregen durchnässt worden, manchmal hatte er sich, wenn kein Polizist in der Nähe gewesen war, unter die Fontänen eines Springbrunnens gestellt, manchmal hatte er das Flussufer nach Strandgut abgesucht und dabei ein bisschen gebadet. Seine Kleider hatte er immer am Leib trocknen lassen. Ein Hemd, eine Hose, mehr hatte er nie angehabt.

Die Lumpen hatte Alicia gleich in eine Plastiktüte gesteckt. Jetzt waren sie sicher draußen in der Mülltonne.

Wenn Tinto kam und darin wühlte – was würde er denken, wenn er sie fand?

Wie die frische Wäsche duftete! Und nun duftete er selber so. Diesmal ließ Alicia ihn sich allein mit den Socken abmühen. Nur beim Scheitelziehen half sie ihm. Lächerlich, diese Kämmerei! Die Frisur hielt doch nur, bis man den Kopf aus der Haustür streckte.

Als er am Küchentisch saß und aß, kam Gregorio herein. Er freute sich, als er Angelito sah, und setzte sich ihm gegenüber. Nein, er wolle nicht mitessen. Er sollte mit Vater und Mutter frühstücken, aber sie waren noch nicht so weit.

Die Jungen starrten einander an. Gregorio hatte ein rundes Gesicht und lange dunkle Wimpern. Sein schwarzes Haar war noch nicht gekämmt, es fiel ihm in die Stirn. Er hatte so einen bunten, schlotterigen Anzug an, wie ihn die Reichen nachts trugen. So einen hatte ihm Alicia gestern Abend auch hingehalten.

»Siehst du gut?«, fragte Gregorio.

Angelito nickte. Warum sollte er nicht gut sehen?

»Aber ich kann alle Bücher lesen«, sagte Gregorio. »Und die Zeitung.« Er dachte nach, dann sagte er: »Du warst nie in der Schule?«

Angelito schüttelte zerstreut den Kopf. Er hatte Mühe, mit

dem Marmeladenbrot fertig zu werden, das ihm Alicia fix und fertig auf den Teller geschoben hatte. Er wollte nicht kleckern. Hastig trank er den Milchbecher leer. Beim Trinken konnte nicht viel passieren, und was man im Bauch hatte, konnte einem niemand mehr wegnehmen. Als er den Becher wieder hinstellte, merkte er, dass ihm Luft aus dem Magen aufstieg. Er schloss den Mund und presste die Lippen aufeinander. Vor Gregorio wollte er auf keinen Fall rülpsen.

»Du hast Marmelade an der Backe«, sagte Gregorio.

Als Angelito die Marmelade mit der Zunge zu erreichen versuchte, kam dann doch der unterdrückte Rülpser heraus. Erschrocken hielt er sich die Hand vor den Mund. Er traute sich erst weiterzuessen, als Gregorio fortgerufen wurde.

»Er ist ein guter Junge«, sagte Alicia, nachdem sie hinter ihm die Küchentür geschlossen hatte. »Nur eben ein Herrensöhnchen. Entsetzlich verwöhnt. Und unsereins versteht er nicht. Er …«

Sie verstummte und lauschte. Ein Glöckchen tönte. Da lief sie mit einem vollen Tablett hinaus. Als sie zurückkam, war das Tablett leer. Sie setzte sich neben Angelito.

»Und dann seine Augen«, sagte sie. »Die machen ihm zu schaffen. Vor den anderen Kindern in der Schule hat er Angst. Die lachen ihn aus. Wegen den dicken Brillengläsern. Er ist so unsicher, der Arme. Dabei wär er so gern einer, der das Sagen hat. Lach bloß nicht über seine Brille, hörst du? Da weiß er nicht mehr, was er tut. Da geht er mit Fäusten auf dich los. Er denkt jetzt, dass er vor dir was ist und was gilt. Dass er der Boss sein kann. Verstehst du?«

Angelito verstand nichts, und Alicia zuckte bloß mit den Schultern.

»Du wirst es bald begreifen«, sagte sie. »Zieh die Nase nicht hoch! Das können Doña Laura und Don Fernando nicht ausstehen.«

Sie reichte ihm ein Papiertaschentuch. Aber er hatte nie gelernt, wie man die Nase putzt. Er erinnerte sich nur daran, dass ihm seine Mutter manchmal die Nase geschnäuzt hatte. Später hatte er sie immer nur am Ärmel abgewischt oder sie einfach laufen lassen.

Dann war Gregorio mit dem Frühstück fertig und rief ihn, und sie liefen zusammen hinaus in den Garten und spielten den ganzen Vormittag im Baum, bis die weißen Hosen schmutzig waren, und Angelito vergaß Tinto und alle seine anderen Freunde und war nur noch glücklich.

An diesem Vormittag erfuhr er eine Menge: dass sie unendlich viel Zeit zum Spielen haben würden, denn die San-Juan-Ferien, die zwei Wochen dauerten, hatten gerade erst begonnen, und dass es hier auch einen Gärtner gab, der in einem Häuschen in der hinteren Gartenecke wohnte. Aber er würde erst übermorgen wiederkommen, denn seine Familie wohnte eine Busstunde von der Stadt entfernt, und er hatte ein paar Tage Urlaub genommen, weil er ein eiterndes Geschwür an der Ferse hatte. Angelito erfuhr, dass bald wieder ein zweites Dienstmädchen da sein würde, eins für die Wäsche und den Hausputz. Lucia, das letzte Mädchen, sei vor ein paar Tagen entlassen worden.

»Sie hat sich mit Mamas Schminksachen geschminkt«,

erzählte Gregorio, »immer, wenn Mama nicht daheim war. Einmal, als Mama verreist war, hat sie sich sogar ein Kleid von ihr aus dem Schrank geholt und ist damit tanzen gegangen. Das hat ihr Mama noch durchgehen lassen, weil sie gut in der Arbeit war. Aber dann hat sie sie erwischt, wie sie eine Kette klauen wollte. Da hat Mama sie rausgeschmissen.«

Jetzt suchte Gregorios Mutter nach einem neuen Mädchen, einem zuverlässigen mit Empfehlung. Und sauber musste das Mädchen sein, sauber und nicht zu jung.

»Damit sie nicht nur Männer im Kopf hat«, erklärte Gregorio.

Er zeigte Angelito den Swimmingpool, der hinter dem Haus lag, gleich neben der Terrasse. Und Gregorio freute sich, als Angelito misstrauisch ins Wasser starrte und sagte, er könne nicht schwimmen.

Wieder im Baumhaus, erfuhr Angelito, dass Gregorios Vater Bankdirektor war, Bankdirektor Fernando Zambrano Guzman. Angelito sah die Zambranos wegfahren, Don Fernando in dem großen Wagen, mit dem er am Vorabend heimgekommen war, und kurz danach Doña Laura in einem etwas kleineren. Zwei Wagen, und beide wie neu!

Alicia öffnete und schloss das Tor. Eine Weile später lehnte sich ein Mann gegen das Gitter, den Angelito noch nicht kannte. »Das ist Pablo, der andere Wächter«, erklärte Gregorio. »Der ist faul. Er hat gesehen, dass Papa weggefahren ist. Jetzt macht er sich's gemütlich.«

Er legte seine Hände an den Mund und rief zum Tor hinüber: »He, Pablo, ich seh dich!«

Erschrocken drehte sich der Mann um. Er konnte die Kinder im Baum nicht sehen. Gregorio kicherte leise. Pablo verschwand eilig – ein breiter Mestize in einer Baumwolluniform.

»Dem hab ich Beine gemacht, was?«, rief Gregorio lachend.

07

Angelito lachte nicht mit. Er starrte hinaus auf die Sackgasse, wo gerade ein Junge hinter einer Mülltonne auftauchte. Dort hatte er sich wohl vor Pablo versteckt gehabt. Der Junge war Tinto.

Angelito kletterte über die Strickleiter hinunter und rannte zum Gitterzaun, den er gleichzeitig mit Tinto erreichte.

»Lauf weg, Tinto«, keuchte er. »Der Wächter wird wiederkommen!«

Tinto schaute sich um, dann sagte er: »Der kommt jetzt nicht. Der dreht seine Runde. Wie ist es? Erzähl!«

»Genauso, wie du geträumt hast«, flüsterte Angelito.

»Lass mich rein«, verlangte Tinto.

»Sie wollen es nicht«, sagte Angelito.

»Du brauchst doch nur das Tor aufzuschließen«, drängte Tinto. »Ich hab gesehen, wie sie weggefahren sind. Der Wächter braucht noch eine Weile, bis er um den Block ist, mach schon!«

»Aber sie werden dich wieder rauswerfen«, jammerte Angelito. »Oder sie holen die Polizei!«

»Meinst du, die kriegen mich zu sehen?«, rief Tinto. »Ich

verkriech mich dort drüben ins Gebüsch, und du bringst mir das Essen.«

»Simon!«, rief Gregorio aus dem Baum.

Angelito fuhr zusammen, drehte sich aber nicht um. »Er hat dich gesehen«, flüsterte er.

»Wen ruft er?«, fragte Tinto und spähte hinter sich.

»Mich«, sagte Angelito und presste die Stirn gegen die Gitterstäbe.

»Schöner Name«, sagte Tinto. »Mach jetzt das Tor auf!«

»Sie würden mich genauso fortjagen wie dich«, sagte Angelito.

Auch Tinto presste jetzt sein Gesicht gegen die Stäbe. Ihre Nasen berührten sich fast.

»Ohne mich wärst du nie hierher gekommen, Angelito«, flüsterte Tinto. »Und darum bist du mir's schuldig, dass du mich reinlässt.«

»Simon, komm zurück!«, rief Gregorio aus dem Baum.

Angelito wusste nicht, wie das Tor zu öffnen war. Da war nur ein großer, runder Knopf. Er berührte ihn, umfasste ihn, drehte ihn, zerrte am Torflügel, Tinto drückte von außen. Das Tor ging auf. Angelito erschrak.

»Er soll draußen bleiben!«, schrie Gregorio vom Baum. »Wenn er reinkommt, ruf ich den Wächter!«

»Die sind stärker, Tinto, du wirst sehn«, sagte Angelito, drehte sich um und ging langsam zum Baum zurück, ohne das Tor zu schließen.

Tinto folgte Angelito nicht, obwohl das Tor offen stand. Er hielt zwei Gitterstäbe umklammert und sah Angelito nach.

»Mach das Tor zu!«, befahl Gregorio schrill.

Angelito kehrte um und ging zum Tor zurück.

»Bist du sein Hund?«, fragte Tinto. »Simon, der Hund. Ich werd's den anderen erzählen.«

Angelito schüttelte den Kopf, schloss das Tor mit einem Fußtritt und rannte zum Baum zurück. Er kletterte die Strickleiter hinauf und stieg ins Baumhaus.

»Warum hast du gegen das Tor getreten?«, rief Gregorio wütend. »Das ist **unser** Tor! Und mit dem Schwarzen dort draußen ist jetzt Schluss, hörst du? **Ich** bin dein Freund, und du tust, was ich dir sage!«

Er funkelte ihn mit seinen dicken Brillengläsern an. Aber Angelito blieb stumm. Durch ein Guckloch spähte er hinüber zum Tor. Er sah, wie Tinto das Gitter losließ und fortging.

»Bist du böse auf mich?«, fragte Gregorio nach einer Weile.

Angelito antwortete nicht.

»In der Schule nennen sie mich **LINSE**«, sagte Gregorio. »Und zum Spielen kommen sie nur her, wenn ihre Eltern sie schicken. Die wollen sich's mit meinem Vater nicht verderben, weil er Bankdirektor ist. Ich brauche aber einen, der mein Freund ist. Und wenn du den Schwarzen reinholst, spielst du mit **ihm**, nicht mit mir.«

Angelito schwieg.

»Papa hat sich gestern Abend das Baumhaus angesehen«, sagte Gregorio. »Es hat ihm gefallen. Er sagt, wir sollen uns noch eine Seilwinde bauen, dann können wir alles, was wir brauchen, nach oben leiern. Sollen wir?«

Angelito nickte.

»Also dann los!«, sagte Gregorio.

Aber Angelito hielt den Kopf gesenkt und rührte sich nicht.

»Weinst du?«, fragte Gregorio. »Warum?«

Eine Weile blieb er unschlüssig sitzen, dann kletterte er vom Baum, lief ins Haus und kehrte mit einem Feuerzeug zurück, dessen Chrom in der Sonne blitzte. Dicht vor Angelitos Gesicht ließ er eine Flamme aufflackern. Angelito fuhr erschrocken zurück.

»Schenk ich dir«, sagte Gregorio.

Angelito hob den Kopf. Das Feuerzeug war viel schöner als das, das er im Kaufhaus hatte stehlen wollen! Er nahm es Gregorio aus der Hand und ließ es aufflammen, einmal, zweimal, dreimal, immer wieder.

»Zeig's aber nicht meinen Eltern«, flüsterte Gregorio. »Die erlauben mir keins. Ich hab's einem aus meiner Klasse abgekauft.«

Angelito versteckte das Feuerzeug in einem Astloch. Dann wollte er wissen, was eine Seilwinde sei. Und bald waren sie in neue Bauarbeiten vertieft. Erst als Alicia einen dunkel gekleideten Herrn durchs Tor hereinließ, schauten sie auf.

»Pater Cosme«, sagte Gregorio. »Der will dich sicher beschnuppern. Er gehört fast zur Familie. Ohne den läuft hier nichts.«

Sie wurden gerufen und kletterten nach unten. Dann fragte Pater Cosme Angelito aus – nach Himmel und Hölle, nach Gottvater, Gottsohn und Heiligem Geist und nach den Zehn Geboten. Angelito wusste nichts.

»Offenbar hat er die Erstkommunion noch nicht gefeiert«, sagte Pater Cosme während des Mittagessens zu Doña

Laura und Don Fernando. »Er weiß nicht, wovon ich spreche. Vermutlich ist er noch nicht einmal getauft.«

08

Am Nachmittag fuhren die Zambranos hinaus ans Meer, und Angelito war dabei. Sie fuhren im offenen Wagen. Angelito und Gregorio saßen auf dem Rücksitz. Angelito wagte sich kaum zu rühren.

Sie fuhren quer durch die Stadt, denn Doña Laura wollte Angelito noch eine Badehose kaufen. Als sie am Parkplatz vor dem Supermarkt Olímpico vorüberkamen, winkte Angelito den Jungen zu.

Er sah, wie die Köpfe der Jungen herumflogen, wie sie ihm nachstarrten.

»Waren das **auch** Freunde?«, fragte Gregorio.

Angelito nickte.

Komisch, Tinto war nicht dabei gewesen.

Er sah Paprika am Kiosk lehnen und hob kaum sichtbar die Hand. Aber Paprika winkte heftig zurück.

»Wer war das?«, fragte Doña Laura scharf.

»Paprika«, sagte Angelito.

»Der Taschendieb?«, fragte Gregorio.

»Ja«, sagte Angelito.

»Oh Gott«, sagte Doña Laura, »hast du das gehört, Fernando?«

Angelito ließ sich tief ins Polster sinken. So brauchte er, als sie über die Brücke fuhren und am Trödelmarkt vorbeikamen, Marisol nicht zu grüßen.

Sie hielten vor einem Sportgeschäft, und Doña Laura schob

Angelito in den eleganten Laden, in dem eine Klimaanlage rauschte und eine wunderbare Kühle verbreitete. Niemand schnauzte ihn an, und niemand warf ihn hinaus. Er gehörte zu den Zambranos.

Er bekam seine Badehose und Schwimmflügel dazu, weil Gregorio verraten hatte, dass er nicht schwimmen konnte. »Ein hübsches Kind!«, sagte der Verkäufer und verbeugte sich vor Gregorios Mutter. »Mein Kompliment!«

Doña Laura lächelte. Gregorio aber blinzelte gekränkt unter seinen dicken Gläsern hervor.

»Er hat viel zu lange Haare!«, sagte er giftig.

Da ging Doña Laura mit Angelito gleich nebenan in den Frisiersalon, und Don Fernando und Gregorio mussten solange in einer Eisdiele warten.

Die Stadt lag am Fluss, ein gutes Stück landeinwärts. Sie mussten eine halbe Stunde fahren, bevor sie das Meer erreichten. Angelito war nur ein einziges Mal mit seiner Mutter am Strand gewesen: am Weihnachtsfeiertag. Er konnte sich nur noch undeutlich erinnern. Mit einem der bunten, billigen Busse waren sie hinausgefahren, und er war noch so klein gewesen, dass er keine Badehose gebraucht hatte. Die Mutter war mit ein paar anderen Frauen und Kindern zusammen gewesen. Er hatte mit den Kindern im sonnenwarmen Uferwasser gespielt, und irgendwann hatten die Mütter gekreischt und die Kinder vor einer besonders hohen Brandungswelle weggerissen. Es hatte nach gebratenem Fleisch gerochen, und abends, nach der Heimkehr, hatte die Mutter geweint, weil sie zu viel Geld ausgegeben hatte. Angelito hatte das Meer in keiner sehr guten Erinnerung.

Aber bald begriff er, dass der Ausflug der Zambranos anders war. Er hatte runde Holzhütten mit lustigen Schilfdächern in Erinnerung. In einigen hatten Paare zu lauter Musik auf Holzdielen getanzt. In anderen hatten Leute an langen Holztischen Yucca und Bratfisch gegessen. Überall zwischen den Hütten hatten sich Rudel herrenloser Hunde herumgetrieben, hatten mit eingezogenen Schwänzen auf Abfälle gelauert und Gräten und abgenagte Hühnerknochen aus dem Sand gescharrt. Der ganze Strand war voll gewesen von Gräten und Knochen und Coca-Cola-Deckeln und Papierabfällen. Die Kinder hatten ihre Sandburgen mit Müll verziert. Ein voller Strand war's, den er in Erinnerung hatte, voll mit Menschen und Dreck, mit Düften und Gestank, mit Musik, Gelächter und Geschrei.

Die Zambranos aber näherten sich dem Meer durch den Eingang eines Strandhotels. Auf einer Terrasse saßen Leute in weißen Kleidern an weiß gedeckten Tischen, und weiß gekleidete Kellner eilten geschäftig hin und her. Man zog sich in weiß gekachelten Kabinen um und lagerte sich dann in den Sand, der wie durch ein Sieb geschüttet schien. Auch er war fast weiß. Nur die Sonnenschirme leuchteten bunt. Gregorio bekam fürs Baden eine besondere Brille, die mit Gummibändern am Kopf befestigt wurde.

»Lach nicht!«, rief er Angelito zu, während ihm seine Mutter die Brille anlegte. »Es ist nur wegen den Wellen.« Angelito hatte gar nicht gelacht.

»Komm!«, rief Gregorio und rannte ins Wasser. Angelito folgte zögernd. Er war misstrauisch. Juan Ohnehand hatte immer Geschichten vom Meer erzählt, Geschichten von Haien und Seeungeheuern, Wracks und Ertrunkenen. Und Paprika hatte ihm Recht gegeben: Das Meer war tückisch, man durfte ihm nicht trauen.

»Na los, Simon!«, rief ihm Don Fernando zu.

Eine große Welle rollte heran. Angelito wich zurück und blieb im flachen Wasser stehen. Schwimmen, das war auch so was, woran man die Reichen erkennen konnte. Von seinen Freunden hatte nur Juan Ohnehand schwimmen gelernt. Aber der war auch nicht sein ganzes Leben lang arm gewesen.

Die auslaufenden Wellen umspülten Angelitos Beine bis zu den Knien. Die Kühle war angenehm. Aber die große Woge, derentwegen die Mutter geschrien und ihn fortgezerrt hatte, konnte die nicht wieder kommen?

»Ich bring dir das Schwimmen bei, Simon«, sagte Don Fernando. »Wenn du schwimmen kannst, kann dir das Meer nichts anhaben.«

Er erhob sich aus dem Strandkorb, watete zu Angelito hin und nahm ihn bei der Hand. Doña Laura kam auch und ergriff seine andere Hand. Zwischen den Zambranos watete Angelito ins Meer. Die Wellen einer sanften Brandung schäumten gegen seine Schenkel, seinen Leib und schließlich gegen seine Brust. Aber keine Woge wälzte sich über ihn, und niemand schrie. Hatte er jetzt Eltern, die ihn beschützten? Und einen Bruder? Ein Zuhause? War das jetzt Glück? Er ließ sich willig weiterführen, auch dann noch, als er keinen Grund mehr unter den Füßen spürte. Und er war fest überzeugt, dass er jetzt das tat, was man »schwimmen« nannte.

09

Den Rückweg nahm **Don Fernando** nicht durch **die Stadt.** Er fuhr eine Abkürzung, und es ging über Schotterwege und Nebenstraßen zurück nach Christo Rey. Angelito schlief während der Fahrt ein. Das Meer hatte ihn todmüde gemacht.

Gleich nach dem Abendessen verkroch er sich in seiner Kammer. Aber Alicia scheuchte ihn wieder hinaus – ins Badezimmer hinüber. Er hatte seine Zähne noch nicht geputzt, und zwischen den Zehen war noch Sand, obwohl er sich schon im Strandhotel hatte duschen müssen.

»Ich sag doch, in so was verstehen sie keinen Spaß«, sagte Alicia und hielt ihm, als er aus dem Badezimmer stolperte, einen Schlafanzug hin. Schlaftrunken zog er ihn an. Schlafanzüge kannte er aus den Filmen, die er manchmal in den Schaufenstern von TV-Läden gesehen hatte. Reiche trugen Schlafanzüge. Manchmal hatte er sie auch in Wirklichkeit zu sehen bekommen, wenn er frühmorgens in ihren Vierteln die Mülltour gemacht hatte. In den offenen Fenstern hatten sie gestanden und sich gereckt, oder sie waren durch die Gärten gelaufen. Im Schlafanzug. Jetzt war er auch so einer. Er strich über den zartgestreiften Stoff.

In dieser Nacht ging er nicht mehr zu Alicia hinüber. Er nahm seine Schwimmflügel mit ins Bett und hielt sie umarmt. Und schon fielen ihm die Augen zu.

Gregorio kam herein, auch im Schlafanzug.

»Ich schlaf heute Nacht bei dir«, sagte er.

Angelito rückte gerne zur Seite. Er legte die Schwimmflügel unters Bett. Dort waren sie sicher.

Dann ging die Tür noch einmal auf, und Doña Laura stand im Türrahmen.

»Was soll das, Gregorio?«, fragte sie streng.

»Ich schlaf hier, bei Simon«, sagte Gregorio trotzig.

»Kommt nicht in Frage«, antwortete Doña Laura. »Nicht in dieser Kammer!« Angelito wunderte sich. Was war an dieser Kammer auszusetzen?

»Er schläft ja auch drin«, sagte Gregorio. »Und Alicias Kammer ist genauso.«

»Das ist etwas anderes«, sagte Doña Laura unwirsch. »Und wir wollen auch nichts überstürzen. Du gehst in dein Zimmer, und Simon bleibt hier. Für ihn ist so eine Kammer was ganz Feines. Nicht wahr, Simon?«

Angelito nickte.

»Na, siehst du«, sagte Doña Laura und strich Gregorio übers Haar. »Später bekommt er dann ein anderes Zimmer.«

»Ich **will** aber bei ihm schlafen«, sagte Gregorio, »egal, wo er schläft. Warum habt ihr dieses Haus nicht so gebaut, dass **alle** Zimmer so schön sind, dass man sie jedem anbieten kann?«

»Davon verstehst du noch nichts«, sagte Doña Laura ärgerlich. »Ich sage nur so viel: Man darf das Personal nicht verwöhnen, sonst nimmt es sich zu viel heraus. Du denkst in deiner Unschuld noch, alle Menschen seien gleich. Das ist nicht so, das musst du noch lernen.«

»Wenn ich nicht hierbleiben darf«, sagte Gregorio, »dann kommt er eben mit zu mir.«

Und so kam es, dass Angelito noch einmal aufstehen musste. Doña Laura erlaubte ihm, die Schwimmflügel in Gregorios Zimmer mitzunehmen. Aber sie bestand darauf, dass er auf einer Matratze neben Gregorios Bett schlief.

»Du kennst ihn noch nicht«, sagte sie zu Gregorio. »Er kann husten und schnarchen und sich herumwälzen, dann schläfst du schlecht und bist am Morgen nicht ausgeschlafen.«

Sie löschte das Licht, wünschte eine gute Nacht und verließ das Zimmer. Gregorio stieß Angelito an.

»Das hätten wir geschafft«, sagte er. »Freust du dich?«

Aber Angelito blieb stumm.

»He, Simon, sag doch was«, flüsterte Gregorio.

»Was soll ich sagen?«, murmelte Angelito schon halb im Schlaf.

»Erzähl was«, sagte Gregorio. »Erzähl mir von dem Taschendieb, dem du heute gewinkt hast.«

Aber Angelito antwortete nicht mehr.

Er wurde wieder früh wach. Er hörte die Klimaanlage rauschen, durch das Fenster fiel schon die erste Dämmerung. Er musste dringend pissen. Aber in diesem Zimmer gab es keinen Plastikvorhang mit einem Klo dahinter. Er schlich auf Zehenspitzen zur Tür, öffnete sie einen Spaltbreit und spähte hinaus in den Flur. Dieser Flur war viel breiter als der hinter der Küche. Und hier gab es viele Türen. Welche von ihnen führte wohl auf die Toilette? Und wenn hinter einer Gregorios Eltern schliefen? Bestimmt wurden sie böse, wenn er sie weckte.

Er schlich wieder zurück zu seiner Matratze, kniete sich darauf und betete. Das Beten hatte er aus Filmen. Da beteten Kinder immer vor dem Schlafengehen und baten Gott um dies und das. Vielleicht half's.

Aber es half nichts. Ob er Gregorio …? Er beugte sich über ihn. Gregorio schlief noch fest. Der würde sich nicht so einfach wecken lassen. Und wenn, wurde er bestimmt ärgerlich. Angelito schlich noch einmal hinaus auf den Flur. Wenn er die Küchentür finden könnte, fände er auch zu seiner alten Kammer zurück.

Aber alle Türen sahen gleich aus.

Als er wieder auf seiner Matratze saß, schaute er sich um. Unter den Büschen im Park oder in den Kanalröhren konnte man immer pissen.

Angelito war jetzt hellwach.

Er ließ seinen Blick über das lange Regal an der Seitenwand streifen. Es war vollgestopft mit Büchern, Spielen, Tischtennis- und Federballschlägern. Er hatte oft vor Schaufenstern von Spielzeugläden gestanden. Er kannte sich aus mit solchen Herrlichkeiten. Auf dem Deckbrett aufgereiht saßen sechs Teddybären, nach der Größe geordnet, außerdem ein Affe, eine Katze, ein Tiger und ein Tier, das er nicht kannte, alle aus Plüsch, dazu ein Clown aus buntem Stoff. In der Zimmerecke standen ein Parkhaus mit Matchboxautos, lehnte eine Maschinenpistole aus Plastik, daneben war eine Autorennbahn mit zwei Schleifen aufgebaut. An den Wänden hingen Regale voller Bilderbücher und Comicheftchen, es gab Hampelmänner und Spieluhren, die man am Schnürchen ziehen musste, einen Papagei mit echten Federn und ein Schutzengelbild … Wenn doch die Zeit schneller vergehen würde! Er konnte es bald nicht mehr aushalten.

Das Fenster! Warum hatte er daran nicht gleich gedacht! Draußen lag die gekachelte Terrasse. Es dauerte eine Weile, bis er herausgefunden hatte, wie sich das Fenster öffnen ließ. Aber dann hatte er's geschafft. Er atmete auf. Draußen auf den Fliesen floss ein Rinnsal auf den Gulli zu. Erleichtert kehrte er auf seine Matratze zurück. Noch ein Blick zum Fenster hinüber: Ja, es war wieder zu.

Aber was, wenn sie es merkten?

Bestimmt wären sie enttäuscht von ihm. Alle. Ob sie ihm wenigstens die Schwimmflügel und das Feuerzeug ließen?

Heute war Sonntag. Der schlimmste Tag in der Woche. Hungertag. Die Banken, die Läden, alle Supermärkte waren geschlossen, die Innenstadt war wie ausgestorben. Nicht mal mit Trödel wurde gehandelt. Nur die alte Petrona hatte sonntags ihren besten Tag. Zu ihr würde er gehen. Er würde sich neben sie setzen und flennen.

»Bist du wach?«, fragte Gregorio verschlafen.

»Ja«, flüsterte Angelito erschrocken. Hatte er zu laut geseufzt?

»Das war nicht fair von dir«, sagte Gregorio und rollte sich an die Bettkante, von der er auf Angelito heruntersah. »Ich hol dich her, und du schläfst ein. Das war langweilig.«

Angelito antwortete nicht.

»Wenigstens schnarchst du nicht«, sagte Gregorio zufrieden. Dann sah er, dass Angelito weinte.

»Wärst du lieber bei deinen Freunden?«, fragte er.

Angelito nickte erst, dann schüttelte er heftig den Kopf.

»Wenn du weggingst«, sagte Gregorio, »würde vielleicht **ich** heulen. – Und jetzt hör auf! Wenn sie dich so sehen, werden sie böse.«

Als Don Fernando spät am Morgen ins Kinderzimmer schaute, spielten sie mit der Autorennbahn.

»Na?«, fragte er.

»Alles klar«, sagte Gregorio und zeigte mit dem Kinn auf Angelito.

Angelito sah scheu zu Don Fernando hinauf. Ein Glück, dass Gregorios Eltern so spät aufgestanden waren. Die Sonne hatte längst alles weggetrocknet. Er hatte ab und zu heimlich hinausgespäht: Man sah nichts mehr. Inzwischen wusste er auch, wo die Toilette war: die nächste Tür rechts.

10

Am Montagmorgen kam der **Gärtner** aus dem Urlaub zurück, ein älterer Mann, ein Indio aus den Bergen. Neugierig musterte er Angelito.

»Dein neuer Freund?«, fragte er Gregorio.

»Mein Bruder«, antwortete der und lachte, als der Gärtner große Augen machte.

Es war auch wieder ein zweites Dienstmädchen da. Die hieß Leonora und war schon älter. Sie war ziemlich dick und machte ein brummiges Gesicht. Sie und Alicia duzten sich vom ersten Tag an. Und Angelito merkte, dass Leonora ihn genauso behandelte, wie sie Gregorio behandelte. Sie hatte Respekt vor ihm.

Nach dem Frühstück fuhr Doña Laura mit Angelito zum Zahnarzt.

»Etwa neun Jahre alt«, sagte der Zahnarzt nach einem Blick in Angelitos Mund. »Ein halbes Dutzend Löcher.«

Angelito wusste, was man von ihm erwartete. Er öffnete den Mund und ließ alles brav mit sich geschehen, so, wie er's in der Fernsehreklame gesehen hatte. Reiche Leute schrien nicht.

Gleich danach wurde Angelito auch noch einem Arzt vorgestellt. Der untersuchte ihn gründlich.

»Ein hübsches Kerlchen«, meinte er zu Doña Laura, »und kerngesund, nur etwas unterernährt. Leichte X-Beine – aber das kann sich noch auswachsen.«

Er empfahl Doña Laura, den Jungen einer Wurmkur zu unterziehen.

Auf dem Heimweg wollte Doña Laura noch in den Supermarkt. »In den Olímpico?«, fragte Angelito.

Aber sie fuhr zu einem anderen Supermarkt. Dort ließ Doña Laura Angelito den Einkaufswagen schieben. Verwirrt steuerte er ihn durch die Warenschluchten. Wie sich die Waren im Wagen immer höher türmten! Hatte sie denn genug Geld mit, um das alles bezahlen zu können?

Aber es blieb noch Geld in ihrer Börse zurück, nachdem sie durch die Kasse waren.

Angelito schichtete die Einkäufe in Pappschachteln, die er mit wichtiger Miene zu Doña Lauras Wagen trug. So ein Job hatte ihm früher oft ein paar Centavos eingebracht. Ein paar Wochen lang hatte er an der Kasse 4 im Supermarkt Olímpico Schachteln vollgepackt und den Kunden zu ihren Wagen getragen. Einmal hatte er dann eine Tafel Schokolade genommen, er hatte sich einfach nicht bremsen können. Die Tafel war ihm aus dem Hemd gerutscht, gerade, als ihm die Kundin das Trinkgeld hatte hinreichen wollen. Sie hatte sich an der Kasse über ihn beklagt, und von da an hatte er sich dort nicht mehr blicken lassen dürfen.

Von Doña Laura bekam er kein Trinkgeld.

Nachdem Leonora in die zweite Mädchenkammer eingezogen war, sollte Angelito sogar ein richtiges Zimmer bekommen. Es war das Zimmer neben dem von Gregorio. Früher hatte Gregorios Kindermädchen darin gewohnt, und auch Camilo, sein Vorgänger, hatte ein paar Nächte darin geschlafen.

»Er hat die Matratze vollgepisst«, erzählt Alicia. »Und da waren sie natürlich sauer.«

Das Zimmer war um die Hälfte kleiner als das von Gregorio, aber es hatte ein schönes großes Fenster und eine Klimaanlage, die leise und gleichmäßig rauschte.

Der Gärtner musste die Möbel, die das Kindermädchen benutzt hatte, hinausschaffen. Neben der Garage türmte er sie aufeinander. Man war unschlüssig, was mit ihnen geschehen sollte. Doña Laura fuhr in die Stadt, um neue Möbel zu bestellen, und schon am nächsten Morgen stieß ein Möbelwagen rückwärts durchs offene Tor. Doña Laura dirigierte die Möbelpacker, ließ hierhin und dorthin rücken, umstellen, auswechseln. Alle mussten mithelfen. Nur die Kinder schickte sie hinaus. Und sie selber hängte Bilder an die Wände. Es wurde ein Kinderzimmer wie in den Möbelreklamen, auch ein Schülerschreibtisch mit einer verstellbaren Lampe und einem Drehstuhl fehlte nicht.

Angelito schaute sich um und fragte sich, was man nun von ihm erwartete.

»Und wohin mit dem alten Zeug?«, fragte Raúl, der Gärtner.

Doña Laura bot sie Alicia an. Aber die schüttelte traurig den Kopf: Ihre Hütte am Stadtrand war nicht groß genug für das Bett und den mächtigen Schrank. Die Möbel wären nicht einmal durch die Tür gegangen. Nur die beiden Stühle wollte sie nehmen. Gregorio schlug vor, die übrigen Möbel in die Mädchenkammern zu stellen. Aber auch dort passten sie nicht hinein. Nur schmale Metallpritschen hatten darin Platz. Die wenigen Kleider, die die Dienstmädchen besaßen, hingen in einer Wandnische an einer Stange.

Schließlich kam Don Fernando auf die Idee, den Gärtner das Gärtnerhäuschen bis auf die Stühle ausräumen zu lassen. Bett und Schrank passten danach notdürftig in den Raum, und auch der Tisch ließ sich noch dazwischenquetschen. Das Regal aus dem Kindermädchenzimmer fand Platz in der Garage. Auf Geheiß Don Fernandos schaffte Raúl sein bisheriges Mobiliar, einen wackligen Tisch, eine verrostete Pritsche und ein Hochregal, von dem der Lack abgeblättert war, hinaus vor das Tor, neben die Mülltonnen.

»Jetzt kriegst du gleich was zu sehen«, rief Gregorio und zog Angelito mit sich hinaus. Sie kauerten sich ins Baumhaus und spähten durch die Zweige hinüber zum Tor. Es dauerte keine Viertelstunde, bis die Möbel verschwunden waren: Auf einem schwitzenden Rücken schwankte, Beine nach oben, der Tisch davon. Das Hochregal schleppten zwei halbwüchsige Jungen fort. Eine Bettlerin mit einer Schar kleiner Kinder quälte sich mit der Pritsche ab, bis sie sie quer über ihrem Handkarren hatte. Mit Stricken band sie das störrische Ding fest, dann rumpelte der Karren davon.

»Siehst du, so erledigt sich das von ganz allein«, sagte Gregorio. »Und die Leute freuen sich noch.«

»Wo war der Wächter?«, fragte Angelito verwundert.

»Papa hat Raúl zu ihm geschickt«, sagte Gregorio vergnügt. »Er sollte solange nicht auftauchen.«

Angelito musste an Tinto denken. Der hätte versucht, die Möbel auf den Trödelmarkt zu schaffen. Vielleicht hätten sie zu zweit die Pritsche von der Stelle bewegen können. Oder wenigstens den Tisch. Viel hätte ihnen Marisol nicht dafür gegeben. Aber wenig war immer noch mehr als nichts.

Es blieb ihm nicht viel Zeit zum Nachdenken. Gregorio zog ihn ins Haus zurück, in sein neues Zimmer. Angelito strich mit den Fingerspitzen über den Schleiflack, knipste die Lampe an und aus, zog Schubfächer behutsam auf und betrachtete die Bilder an der Wand. Auch er hatte nun ein Schutzengelbild über dem Bett, und der Engel hatte blonde Locken. Angelito hatte sich einen Schutzengel immer so wie Tinto vorgestellt: schwarz und mit Muskeln.

Eine Tür verband sein Zimmer mit dem Gregorios. Gregorio lief hinüber und holte Angelitos Schwimmflügel. Er legte sie auf das leere Wandregal. Aber Angelito nahm sie und versteckte sie unter dem Bett.

Das konnte Gregorio nicht begreifen.

In dem neuen Zimmer sollte Angelito wieder allein schlafen. Doña Laura hatte ihm verboten, nachts zu Gregorio hinüberzugehen. Nun habe jeder sein eigenes Zimmer. Schluss mit dem Hin und Her!

Aber schon in der ersten Nacht kam Gregorio geschlichen. »Ich schlaf nun mal nicht gern allein«, flüsterte er und kroch zu Angelito ins Bett.

Vielleicht, dachte Angelito, als Gregorio schon schlief, sind Schutzengel doch blond.

Am Morgen setzte Gregorio durch, dass Angelito mit an den Familien-Frühstückstisch durfte.

»Er hat lange genug in der Küche gesessen«, meinte er. »Er schmatzt nicht.«

Angelito frühstückte nicht gern mit den Zambranos. Lieber wäre er bei Alicia und Leonora in der Küche geblieben. Vor Angst, etwas falsch zu machen, nippte er kaum an seiner Milch. Das Messer rührte er nicht an. Erst als ihm Doña Laura einen Marmeladentoast auf den Teller legte, aß er ein paar winzige Bissen. Dabei sah er niemanden an.

»Immerhin, er gibt sich Mühe«, sagte Doña Laura.

»Aber so verhungert er«, sagte Gregorio.

Er griff sich ein paar Toastscheiben, rief Angelito und lief mit ihm hinaus in die Küche. Dort ließ er sich von Alicia zwei Flaschen Coca-Cola geben. Dann kletterten sie beide ins Baumhaus und frühstückten. Weder Don Fernando noch Doña Laura riefen sie zurück.

»Doña Laura kann keine leeren Schränke sehen«, sagte Alicia später zu Angelito. »Ich wette, sie fährt noch heute mit dir in die Stadt, Kleider kaufen.«

Sie hatte Recht: Doña Laura kaufte und kaufte, und Angelito wusste nicht, wie ihm geschah. Immer wieder wurde er in eine Kabine geschoben, musste er sich ausziehen, anziehen, drehen und wenden, wurde er aufgefordert, in den Spiegel zuschauen, und musste er sich wieder ausziehen und wieder anziehen – ihm wurde ganz schwindelig davon. Freundliche Verkäuferinnen fragten ihn, ob ihm diese oder jene Hose, dieses oder jenes Hemd besser gefalle. Aber ihm erschien alles schön, was ihm vorgehalten und vor ihm ausgebreitet wurde. Er war froh, dass Doña Laura für ihn entschied.

Am Nachmittag stapelte Leonora die neuen Kleider in den Schrank. Bügel an Bügel hingen Hemden, Hosen, Bademantel, Anzüge und Regencape, darunter standen vier Paar Schuhe aufgereiht. Wie im Film, ja wie im Film. Auf dem Regal saßen sieben Plüschtiere, daneben stand ein Parkhaus, vollgeparkt mit Matchboxautos. Da stapelten sich Gesellschaftsspiele und Bastelkästen, da standen Panzer und Geschütze aufgereiht, da gab es ein Regal mit einem Dutzend Bilderbücher, eine Schublade voller Legosteine, da glänzten Bälle und Pistolen, da protzten ein ferngesteuerter Feuerwehrwagen und eine Ritterburg. Und die Wände – was da alles hing! Angelito fühlte sich wie vor dem Schaufenster eines Spielzeugladens. Wie oft hatte er seine Nase gegen die Scheibe gedrückt!

Aber er rührte die Sachen nicht an. Noch nicht. Er konnte sich nicht an den Gedanken gewöhnen, dass sie ihm gehörten. Wo war da der Haken? Wo war die Falle?

11

»Irgendwie passt du **zu Gregorio**«,

sagte Alicia an einem der letzten Ferientage zu Angelito.
»Jedenfalls ist er nicht wieder zu erkennen.«

Angelito wusste nicht genau, was sie meinte. Er und Gregorio hatten nur miteinander gespielt. Sie hatten viel im Baumhaus gesessen, sie hatten im Swimmingpool gebadet, hatten sich mit der Autorennbahn und mit dem Mensch-ärgere-dich-nicht-Spiel vergnügt. Angelito hatte Gregorio die Rolle rückwärts beigebracht, und Gregorio hatte Angelito aus seinen Büchern vorgelesen. Sie hatten Schnecken gesammelt und Leguane gescheucht, und oft hatten sie zusammen vor dem Fernseher gesessen. Es war eine schöne Zeit gewesen.

»Glaub nur nicht, dass es immer so weitergeht«, sagte Alicia. »Am Montag muss Gregorio wieder zur Schule.«

Angelito begriff nicht, was daran so schrecklich sein sollte, dass Gregorio zum Ende der Ferien hin immer stiller wurde. Er wäre gern in die Schule gegangen.

»Was weißt denn du von der Schule«, sagte Gregorio.

Am vorletzten Ferientag wurde Leonora fristlos entlassen. Doña Laura fand, sie sei faul und nicht sauber genug.

»Und dann ständig dieses brummige Gesicht«, hörte Angelito sie zu Alicia sagen.

»Sie hat vor ein paar Wochen ihr Kind verloren«, entgegnete Alicia. »Es ist überfahren worden.«

»Gewiss, gewiss«, sagte Doña Laura unwillig. »Trotzdem ist sie ein faules Stück.«

Angelito sah Leonora aus ihrer Kammer kommen, das Pappköfferchen in der Hand. Doña Laura gab ihr Geld und schob ihr ein Papier hin. Das sollte sie unterschreiben.

»Damit alles seine Ordnung hat«, sagte Doña Laura.

»Sie müssen mir zwei Wochen mehr bezahlen«, sagte Leonora und schob das Papier zurück. »Fristlose Kündigung geht nur bei Klauerei.«

»Zeugen, dass du gestohlen hast, lassen sich leicht finden«, sagte Doña Laura spöttisch.

Angelito begleitete Leonora bis zum Tor.

»Der Schlag soll sie treffen«, sagte Leonora finster. »Das Haus soll ihr abbrennen. Das Kind soll ihr sterben.«

Angelito streichelte Leonoras rote, hässliche Hand.

»Armer Kerl«, schnaufte sie, »dir wird's genauso ergehen.«

Angelito schloss hinter ihr das Tor und kehrte langsam ins Haus zurück. Doña Laura empfing ihn an der Haustür.

»Sie war nichts wert«, sagte sie und strich ihm übers Haar. »Ich habe einen Blick dafür.«

Angelito blieb stumm. Er ging hinüber zur Schaukel und setzte sich darauf. Er schaukelte nicht, er ließ nur die Füße baumeln. Bis Gregorio aus dem Haus kam und ihn zum Spielen holte.

Am nächsten Tag, dem letzten Feriensonntag, war Alicia nicht da. Sie hatte jeden zweiten Sonntag frei, im Wechsel mit dem Zweitmädchen, dazu jeden zweiten Mittwoch. Vergangenen Sonntag hatte sie auf ihren Ausgang verzichtet, weil kein Zweitmädchen da gewesen war, und jetzt bestand sie darauf, heimgehen zu dürfen.

»Deshalb hat Mama heute miese Laune«, verriet Gregorio.
»Da muss man vor ihr auf der Hut sein.«

Angelito fragte ihn, ob Alicia Kinder habe. Aber er wusste
es nicht. Das wunderte Angelito. Alicia arbeitete schon so
lange bei ihnen – wie konnte man dann so etwas Wichtiges
nicht wissen?

Beim Frühstück schlug Doña Laura vor, im Restaurant zu
Mittag zu essen, zu dritt, ohne Angelito.

»Er ist noch so ungeschickt«, sagte sie.

Aber sie hatte Don Fernando und Gregorio gegen sich.

»Willst du ihn etwa **allein** im Haus lassen?«, fragte Don
Fernando.

»Wenn er nicht darf, will ich auch nicht«, sagte Gregorio.

Also fuhr Angelito mit. Alicia öffnete ihnen noch das Tor
und schloss es hinter ihnen. Sie hatte sich frisiert und fein
gemacht. Angelito schaute aus dem Rückfenster, während
der Wagen langsam durch die Sackgasse fuhr. Alicia hatte
es eilig. Sie durfte erst nach dem Frühstück gehen, und die
Zambranos frühstückten sonntags spät. Ihr blieb immer
nur der halbe Sonntag. Mit zwei vollen Plastiktaschen kam
sie ihnen nach. Aber der Abstand wurde immer größer.
Hinter ihr lag die Villa unter den Bäumen, schimmernd in
der grellen Vormittagssonne, mit geschlossenen Türen und
Fenstern, umgeben vom Grün des Gartens. Der war jetzt
menschenleer. Raúl, der Gärtner, war schon am Vorabend
heimgefahren.

»Hast du Luis Bescheid gesagt?«, fragte Doña Laura.

Don Fernando nickte.

In dem eleganten Restaurant übertönte leise Musik das Rauschen der Klimaanlage. Es war so kühl, dass es Angelito fröstelte. Aber ihn fror auch vor Angst das Tischtuch zu bekleckern. Und das Stillsitzen fiel ihm schwer. Sehnsüchtig schaute er den Kellnern nach. Die konnten sich wenigstens bewegen. Unter dem Tisch schubste ihn Gregorio, aber er wagte nicht, zurückzuschubsen.

Als sie das Restaurant verließen, standen zwei Jungen vor dem Ausgang und bettelten. Einer davon war Pepe vom Olímpico. Den Namen des anderen kannte Angelito nicht. Aber er gehörte auch zur Parkplatzbande. Die beiden starrten Angelito an.

»Caramba!«, rief Pepe. »Bist du das, Angelito?«

»Verschwindet!«, antwortete Don Fernando hart.

Er packte Angelito am Arm und schob ihn in den Wagen. Angelito spähte durchs Seitenfenster hinaus. Der Junge, dessen Namen er nicht kannte, streckte ihm die Zunge heraus. Und Pepe zeigte ihm die Faust. Die galt nicht ihm allein, die galt der ganzen Familie Zambrano. Und zu der gehörte er jetzt.

»Sind das auch deine Freunde?«, fragte Gregorio giftig. »Du hast nichts, nur jede Menge Freunde.«

Danach fuhren sie auf die Hazienda einer befreundeten Familie, und die Kinder durften herumtoben und auf die Bäume klettern und in die Ställe schauen, während die Großen auf der Terrasse in Schaukelstühlen saßen. Es gab viele Kinder auf der Hazienda, die Kinder der Rinderhirten und Landarbeiter, die Kinder der Dienstmädchen und des

Verwalters, und mittendrin die Kinder des Besitzers selbst. Hier war niemand, der Angelito gekannt hatte, bevor er zu den Zambranos gekommen war, und niemand verbot den Kindern, miteinander zu spielen. Sie zogen durch das Kokoswäldchen, schlugen mit Macheten Kokosnüsse auf, tranken Kokosmilch und aßen das weiße Fleisch. Sie pflückten sich Mangos und Orangen aus den Bäumen, sie jagten einen Leguan, schlugen ihn tot und brieten ihn über einem Lagerfeuer. Am Teich wuchsen Pflanzen mit riesigen Blättern, die brachen sie von den Stängeln und stülpten sie sich wie Hüte über den Kopf. Die Hunde der Hazienda tollten zwischen ihnen herum, und als man sie abends zum Lammspießbraten rief, waren sie unglaublich schmutzig.

»Er hat Temperament«, hörte Angelito Don Fernando sagen. »Er ist nur noch nicht richtig aufgetaut.«

Angelito blieb stehen und lauschte.

»Behaltet ihr ihn?«, fragte jemand.

»Gregorio ist ganz verrückt nach ihm«, antwortete Doña Laura.

»Glücksgriff, was?«, sagte der Besitzer der Hazienda.

»Er ist uns zugelaufen wie ein Hund«, sagte Doña Laura lachend.

»Werdet ihr ihn adoptieren?«, fragte eine Frau.

»Das ginge auf Gregorios Kosten«, antwortete Don Fernando. »Aber ich werde dafür sorgen, dass er eine ordentliche Ausbildung bekommt.«

Angelito verstand nicht alles. **ADOPTIEREN** – was war das? Aber er begriff, dass er bleiben durfte und etwas lernen sollte. Er schlug ein Rad. Rad schlagen konnte er gut. Damit hatte er manchmal vor Touristen Geld verdient. Die

Erwachsenen auf der Terrasse sahen ihm zu und applaudierten.

»Das musst du mir auch beibringen«, flüsterte Gregorio ihm zu. Vor den anderen Kindern nannte er ihn seinen neuen Bruder.

12

Am nächsten Morgen musste Gregorio in die Schule. Alicia brachte ihn hin, und Angelito begleitete die beiden. Gregorio winkte noch lange durch den Maschendraht des Schulhofzauns, als Alicia und Angelito wieder heimgingen.

Ohne Gregorio waren das Haus und der Garten leer. Angelito saß in der Küche, während Alicia kochte. Er erfuhr, dass sie vier Kinder hatte, einen Jungen von acht Jahren und drei kleine Mädchen.

»Juan hat bald Erstkommunion«, sagte sie. »Da braucht er eine dunkle Hose und eine große Kerze mit Schleife ...« Sie erzählte, dass ihr Mann in die Hauptstadt gegangen sei. Vor vier Jahren schon. Seitdem kümmere er sich nicht mehr um sie und die Kinder.

»Und wer passt auf deine Kinder auf, wenn du hier bist?«, fragte Angelito.

»Sie wohnen bei meinen Eltern«, sagte Alicia. »Aber die sind schon alt.«

Doña Laura kam in die Küche und scheuchte ihn hinaus in den Garten.

»Du hältst Alicia nur bei der Arbeit auf«, sagte sie.

Angelito fand Raúl am Swimmingpool und half ihm

Blätter aus dem Wasser fischen. Er fragte ihn aus, und Raúl antwortete ihm geduldig. Er hatte seine Familie in den Bergen. Seine Kinder waren alle schon erwachsen. Zwei von ihnen arbeiteten auch in der Stadt. Nur seine Frau und die jüngste Tochter lebten noch daheim. Seine Frau zog Gemüse hinter der Hütte und verkaufte es einmal in der Woche auf dem Markt in der Stadt. Danach kam sie regelmäßig hierher zu ihrem Mann und kochte ihm auf seinem kleinen Gaskocher ein gutes Essen. Sie aßen zusammen und schwatzten ein bisschen, dann fuhr sie mit dem Bus wieder heim.

Angelito half Raúl, das Laub unter den Bäumen zusammenzurechen und die Terrassenplatten von wucherndem Gras zu befreien. Er rutschte mit Raúl auf den Knien herum und gab sich Mühe, alles richtig zu machen.

Nach einer Weile rief ihn Doña Laura, die auf der Terrasse im Schaukelstuhl saß und in Illustrierten blätterte, zu sich. »Lass das«, sagte sie. »Geh spielen, bis Gregorio aus der Schule kommt.«

Angelito wusch sich die Hände und setzte sich auf die Schaukel. Sanft ließ er sich hin- und herschwingen. Die Sonne prallte auf den Rasen, die Mücken schwärmten, Grillen zirpten, und über dem Dach der Villa waberte die Luft. Aus dem Küchenfenster tönte Geschirrgeklapper, die Schaukel knarrte leise.

Da hörte Angelito vom Tor her einen Pfiff. Wie elektrisiert hob er den Kopf. Diesen Pfiff kannten nur Tinto und er. Den hatten sie sich schon vor langer Zeit ausgemacht, um

»reine Luft« zu signalisieren zwischen dem, der schon im Schlafrohr war, und dem, der später kam.

Der Pfiff kam vom Tor her. Angelito pfiff zurück, sprang von der Schaukel und rannte zum Tor.

Tinto kauerte zwischen den Abfalltonnen.

»Na?«, flüsterte er.

Angelito fasste durchs Gitter und berührte seinen schmutzigen Arm.

»Ich hab Hunger«, flüsterte Tinto. Angelito lief ins Haus, in die Küche. »Ich hab Hunger«, sagte er.

»Ich soll dir zwischendurch nichts geben, das weißt du«, sagte Alicia und hob bedauernd die Schultern. »Du sollst dich an regelmäßiges Essen gewöhnen.«

Angelito rannte wieder hinaus, kletterte die Strickleiter hinauf und zog das Feuerzeug aus dem Astloch. Dafür würde Tinto von Marisol genug Geld bekommen, um satt zu werden. Es war wie neu. Er knipste es noch einmal an und schluckte. Es war ein schönes Feuerzeug.

Dann hörte er Luis schimpfen. Er kletterte vom Baum und lief zum Tor. Luis verschwand eben um die Ecke der Avenida. Tinto war nicht mehr da. Angelito pfiff leise ihren Pfiff. Dann lauter. Und dann rief er Tinto beim Namen. Er rief so lange, bis Doña Laura aus dem Haus kam.

»Bist du von allen guten Geistern verlassen?«, rief sie ihm zu. »Was machst du für einen Lärm?«

Aber dann war Mittag, und die Schule war aus. Alicia und Angelito holten Gregorio ab.

»Ich will, dass Simon mit in die Schule geht«, sagte Gregorio beim Mittagessen. »Sie haben mich wieder **LINSE** genannt.«

»Wie soll er mit dir zur Schule gehen, wenn er nicht lesen und schreiben kann?«, fragte Doña Laura.

»Er muss es eben lernen«, sagte Gregorio.

Beim Mittagessen berichtete Doña Laura Don Fernando, was Angelito den Vormittag über getrieben hatte. Don Fernando nickte: Wenn der Junge Langeweile hatte, kam er nur auf dumme Gedanken.

Nach dem Essen musste Gregorio zum Nachmittagsunterricht. Angelito setzte sich mit gekreuzten Beinen an den Rand des Swimmingpools und ließ Steinchen ins Wasser fallen. Mit schläfrigem Blick folgte er ihnen, wie sie langsam hinuntertrudelten auf den blau gekachelten Grund. Als ihm Raúl das Spiel verbot, setzte sich Angelito wieder auf die Schaukel, schwang sich langsam hin und her und dachte an die Freunde in der Stadt.

Später erschien Pater Cosme, setzte sich mit ihm an den Tisch auf der Terrasse und erklärte ihm das erste Gebot. Aber Angelito begann bald zu gähnen, und Pater Cosme sagte, er solle die Hand vor den Mund halten.

Am nächsten Morgen kam ein neues Dienstmädchen. Sie hieß Carmen, war lang und mager und hatte einen viel zu breiten Mund. Ihre Haut war dunkelbraun. Sie besaß nicht einmal ein Pappköfferchen, nur eine große Plastiktüte, die prall gefüllt war. Angelito stand in der Küche herum und sah ihr zu. Sie war flinker als Leonora, aber sie redete unaufhörlich und wiederholte sich dabei, und nach einer halben Stunde wussten Alicia und Angelito bereits, dass sie von sieben Geschwistern die Einzige war, die noch lebte:

Drei waren bald nach der Geburt gestorben, eins als Einjähriges an Brechdurchfall, eins war, kaum zwei Jahre alt, an einem Knochen erstickt, und ihr Zwillingsbruder sei von Geburt an ein Idiot gewesen, und mit neun Jahren sei er dann ganz plötzlich gestorben, einfach so, ohne erkennbaren Grund. Jetzt waren die Eltern schon alt und ließen sich von ihr unterhalten.

»Ist das gerecht?«, fragte sie. »Wenn die anderen noch lebten, hätte ich nur ein Siebtel zu zahlen! Und wer weiß, wie lange das noch so geht. Auf die Sekretärinnenschule hab ich gehen wollen ...«

»Du wirst auch mal alt«, unterbrach sie Alicia.

Mehr konnte Angelito nicht hören, denn Doña Laura rief ihn zu sich.

Ein älterer Herr in dunklem Anzug war gekommen, er hatte eine Aktentasche unterm Arm. Doña Laura stellte ihm Angelito vor. Reich schien der Herr nicht zu sein, denn aus dem Saum seiner Hosenbeine hingen Fäden, und die Ärmelkanten waren abgewetzt. Aber er sprach so gewählt wie die Reichen und hatte gute Manieren. Immer wieder deutete er Verbeugungen an.

»Das ist Señor Larázabal, Simon«, sagte Doña Laura. »Er wird dein Lehrer sein.«

Sie führte beide in Angelitos Zimmer und schloss hinter ihnen die Tür.

»Nun denn, mein Junge«, sagte Señor Larázabal, packte ein paar Bücher aus seiner Aktentasche und zog sich einen Stuhl zum Schreibtisch, »wir wollen einmal sehen, was du schon kannst.«

Aber Angelito konnte so gut wie nichts. Ein paar Buchstaben erkannte er, das O und das E konnte er sogar aufs Papier malen. Was das Einmaleins war, wusste er nicht. Aber im Zusammenzählen und Abziehen war er fix.

»Dumm bist du nicht«, meinte Señor Larázabal nach einer Weile. »Wenn du dich anstrengst, können wir es schaffen.« Angelito nickte. Und **wie** er sich anstrengen würde! Senor Larázabal würde sich noch wundern.

Als sich der Lehrer von Doña Laura verabschiedete, hörte Angelito ihn sagen: »Ein erstaunliches Gedächtnis hat der Junge, wirklich sehr erstaunlich. Wir werden schnell vorankommen.«

Von nun an hatte Angelito jeden Vormittag drei Stunden Unterricht, nur samstags und sonntags nicht. Und viermal in der Woche, immer, wenn Gregorio auch nachmittags Schule hatte, kam Pater Cosme und nahm mit ihm die Gebote durch. Das meiste von dem, was der Pater erzählte, verstand Angelito nicht.

»Nicht stehlen? Aber wenn man sonst nichts zu essen hat?«

»Wer arbeitet, **hat** zu essen«, sagte Pater Cosme ernst.

»Und die, die keine Arbeit haben? Die überall nach Arbeit gesucht haben?«, fragte er.

»Wer wirklich Arbeit sucht, der findet auch welche«, antwortete Pater Cosme unwirsch.

Angelito wunderte sich noch mehr. »Aber ich kenne viele, die trotzdem keine gefunden haben«, sagte er.

Da wurde Pater Cosme ärgerlich, und Angelito verging die Lust zum Fragen.

»Du musst zum Guten hinstreben, Junge!«, sagte Pater Cosme. »Das Leben, das du bisher geführt hast, war nicht gut. Dein Leben war es nicht, und deine Freunde waren es nicht.«

Aber Angelito verstand nicht, warum die böse sein sollten.

Wenn er mit Alicia von Gregorios Schule zurückkehrte, wartete Señor Larázabal meistens schon auf ihn. Manchmal kam er aber auch etwas später. Dann stand Angelito am Tor und wartete auf ihn.

In der Sackgasse gab es nicht viel zu sehen. Mal kam der Müllwagen durch, mal der Getränkewagen, mal der Milchmann. Schwer bepackt zog der Postbote vorüber. Und in regelmäßigen Abständen tauchte der Wächter auf. Bettler trauten sich nicht ans Tor, solange Angelito dort stand. Erst wenn sie den Gärtner sahen, fragten sie, ob es Sinn habe, zu läuten. Ja, sagte Raúl dann. Geld gebe es nicht, aber etwas zu essen. Da läuteten sie, und Alicia kam und brachte ihnen auf Papiertellern Reste vom letzten Essen oder belegte Weißbrotscheiben.

Nur wenn sich Angelito im Baumhaus versteckte, trauten sich die Bettler an die Mülltonnen neben dem Tor. Sie durchwühlten sie, auch wenn der Gärtner sich sehen ließ.

»Warum fürchten sie sich vor mir, aber nicht vor dir?«, fragte ihn Angelito. »Weil **du** wie einer von den Zambranos aussiehst«, erklärte Raúl.

Von da an versteckte sich Angelito oft im Baumhaus und beobachtete die Müllwühler. Und immer hoffte er, Tinto würde unter ihnen sein.

Angelito bekam auch Schwimmstunden im Sportklub. Zweimal in der Woche musste er hin, Gregorio wollte es so. Es machte keinen Spaß, sich im Swimmingpool zu tummeln, wenn Angelito sich ängstlich an den Rand klammerte.

Alicia oder das Zweitmädchen mussten Angelito ins Klubhaus bringen und dem Schwimmlehrer übergeben, und sie holten ihn auch wieder ab. Manchmal brachte ihn Doña Laura selbst in den Klub und wartete bei einer Tasse Kaffee, in Illustrierten blätternd oder mit Freundinnen plaudernd, bis er fertig war.

Gewiss, Angelito hatte täglich Rechen-, Schreib- und Leseübungen zu machen, die Señor Larázabal ihm aufgab. Aber die erledigte er meistens gleich nach dem Unterricht an seinem Schreibtisch. Wenn er schrieb, bewegte sich seine Zunge mit, und manchmal fiel dabei ein Tropfen Spucke aufs Heft. Hastig wischte er ihn dann weg – aber ein Fleck blieb doch auf dem Papier. Manchmal lief ihm beim Schreiben die Nase. Er wischte sie am Ärmel ab – und erschrak. »Scheiße!«, rief er dann – und erschrak gleich wieder.

Draußen zirpten die Grillen, und Angelito sah den grünen Leguanen nach, die über die Terrasse wieselten.

Es dauerte nicht lange, da konnte Angelito schon einfache Sätze aus seiner Fibel vorlesen. Und an manchen Abenden ließ sich Don Fernando von Angelito aus der Zeitung vorlesen. Aber mehr als ein paar mühsam herausbuchstabierte Überschriften wurden es vorerst nicht.

Und Angelito begriff auch nicht, was die Wörter bedeuteten.

»Mach schnell!«, beschwor ihn Gregorio, »sie nennen mich dauernd **LINSE**.«

Angelito gab sich Mühe.

An einem Samstag wurde er getauft. Die Taufe fand in der Kirche von Christo Rey statt. Pater Cosme taufte ihn schnell und so unauffällig wie möglich. So wollte Don Fernando es haben. Und es gab auch keine Tauffeier. Gregorio grinste und sagte: »Neun Jahre alt und noch nicht getauft! Genierst du dich nicht, Simon?«

Und weil Gregorio die Erstkommunion schon gefeiert hatte, wurde sie Angelito gleich mitgegeben.

»Dann brauchen wir nicht noch einmal damit anzufangen«, meinte Doña Laura zufrieden. »Wenn ich daran denke, wie anstrengend Gregorios Erstkommunion war! So viele Gäste! Nein, da kämen wir bei Simon in arge Verlegenheit. Wen sollten wir denn einladen?«

13

Dann musste Pater Cosme für zwei Wochen **verreisen. Angelito war** darüber nicht traurig. Aber nun dehnten sich die Nachmittage. Gregorio in der Schule, Don Fernando in der Bank, Doña Laura auf Kaffeekränzchen oder im Klub – und während der ärgsten Hitze blieben auch die Mädchen in ihren Kammern und Raúl im Gärtnerhaus.

Angelito saß um diese Zeit meistens auf der Schaukel oder stand am Tor. Drüben auf der Avenida rauschten Wagen vorbei, zogen Fußgänger vorüber. In die Sackgasse bog während der heißesten Stunden nur selten jemand ein – außer den Wächtern, die Angelito freundlich-respektvoll zuwinkten. Ob er jemanden erwarte? Er nickte. Vielleicht war Tinto ja gerade an diesem Nachmittag zu ihm unterwegs?

An einem besonders heißen und schwülen Nachmittag schlich er zum Tor und drehte den Knopf. Er ließ ihn los, stand eine Weile reglos, drehte den Knopf noch einmal, zog den Torflügel auf, zögerte. Aber dann, nachdem er sich vorsichtig umgeschaut hatte, schlüpfte er hinaus.

Er wusste den Weg noch genau. Keuchend und schwitzend lief er dorthin, wo er und Tinto von der Tram abgesprungen waren. Er hängte sich an die nächste Tram und fuhr mit. Eine Brise wirbelte sein gescheiteltes Haar durcheinander. Die Tramlinie führte quer durch die Stadt. Wie würden seine Freunde staunen, wie würden sie sich freuen, ihn wieder zu sehen! In einer Schleife ging es um den Park, die endlose Avenida Principal entlang, dann über die Brücke. Vor dem Distriktgericht entdeckte er Euclides, den Schuhputzer. Die Tram bremste, Angelito sprang ab und lief auf Euclides zu. Der beugte sich gerade über die Schuhe eines Zeitungslesers und spuckte und polierte.

»Euclides«, rief Angelito, »ich bin's!«

Euclides schaute auf. »Ich dachte, dich gibt's nicht mehr«, sagte er, Freude in der Stimme. Aber gleich darauf fügte er kühl hinzu: »Wie siehst du denn aus?«

»Ich wohne jetzt in Christo Rey«, sagte Angelito.

»So«, sagte Euclides. »Hast wohl das große Los gezogen. Warum kommst du dann noch hierher?«

Angelito wusste nicht, was er darauf antworten sollte.

»Hast du mir wenigstens was mitgebracht?«, fragte Euclides spöttisch.

Angelito schüttelte den Kopf.

»Also, dann mach's gut«, sagte Euclides, spuckte an Angelito vorbei und beugte sich wieder über seine Schuhe. »Und pass auf, dass du dich nicht überfrisst!« Er wischte und bürstete wie besessen. Angelito blieb stehen und wartete ab, aber Euclides tat, als wäre er Luft. Da lief Angelito fort. Catalina und Yolanda würden freundlicher zu ihm sein.

Ja, sie standen an der Ecke der Treinta de Julio und verkauften Quittenmark. Aber kurz bevor er sie erreicht hatte, blieb er betroffen stehen: Er hatte nicht einen Centavo bei sich! Und er hatte ihnen doch schon früher immer einen oder zwei Würfel abgekauft. Wie konnte er da in diesem großartigen Aufzug vor ihnen erscheinen, ohne ihnen wenigstens zehn Würfel abzukaufen?

Angelito schlug sich in die nächste Seitengasse. Sie führte an den Fluss. Er folgte ihm, bis er den Trödelmarkt erreichte. Marisol brauchte er nichts abzukaufen. Sie war neugierig und plauderte gern. Sie würde sich freuen, wenn sie ihn sah.

Marisol schlug die Hände zusammen und fing an zu lachen, als sie Angelito erkannte.

»Angelito!«, rief sie. »Unser Angelito – seht nur, er sieht aus wie ein Millionär! Erzähl, Junge, erzähl!«

»Sag mal«, unterbrach sie ihn nach einer Weile, »da könntest du doch unseren Leuten ein bisschen behilflich sein, eh? Die in Christo Rey haben's doch so im Überfluss, die merken doch gar nicht, wenn ihnen was fehlt.« Sie dämpfte ihre Stimme. »Du brauchst nicht selber mitzumachen. Du sagst nur Bescheid, wann's am günstigsten ist, verstehst du? Wenn deine Herrschaften mal alle nicht da sind, und auch der Gärtner nicht. Mit dem Wächter wird man schon irgendwie klarkommen. Gibt's Hunde im Haus?«

Angelito schüttelte den Kopf. »Aber das Tor ist zu – für die, die reinwollen«, sagte er. »Ihr habt den Schlüssel nicht.«

»Ich wette, du weißt, wo einer ist«, sagte Marisol.

Angelito nickte. Er hatte Alicia abends das Tor zuschließen und morgens aufschließen sehen. Der Schlüssel hing in der Küche am Schlüsselbrett. Nur wenn Alicia Milch oder Brötchen einkaufen ging, war er weg.

Marisol lächelte Angelito aufmunternd an. Da wich er ein paar Schritte zurück und rannte davon. Er hörte, wie Marisol ihm nachrief, aber er blieb nicht stehen, bis er bei der Kirche San Isidro angekommen war.

»Petrona? Die ist schon seit ein paar Tagen nicht mehr hier gewesen«, sagte eine Bettlerin, die er nicht kannte. »Sie wird krank sein. Komm nächste Woche wieder vorbei. Vielleicht hast du dann mehr Glück.«

Auch Paprika war an seinen Lieblingsplätzen nicht zu finden.

»Der ist im Knast«, erzählte Juan Ohnehand. »Einmal nicht aufgepasst, und –« Er schnalzte mit der Zunge. »Er hätte sich längst zur Ruhe setzen müssen mit seinen zittrigen Fingern. Wenn sie ihn dort drin nur nicht kaputtmachen!«

Er strich Angelito mit dem Stumpf übers Haar. »Bist doch

ein Engel, du«, sagte er. »Lässt den Juan nicht im Stich. Erzähl deinen Leuten von mir, Junge, erzähl ihnen von meinen Kindern. Sie sollen mir was spenden, was Großes, was Großmütiges, wie's ihnen zukommt. Sag ihnen, sie dürfen sich nicht kleinlich zeigen, dann könnt ich für eine Weile hier aufhören. Vielleicht, wenn sie sich nobel zeigten, deine Leute, wär's sogar für immer. Versprich, dass du mich nicht im Stich lässt, Angelito! Versprichst du's mir?«

Angelito schluckte. Die Zambranos würden nichts von seinen Freunden hören wollen. Aber das konnte er Juan Ohnehand nicht sagen.

»Und mach auch was locker für Paprika«, fuhr Juan Ohnehand fort. »Man muss den Wärtern was in die Hand schieben, damit sie ihn gut behandeln, verstehst du? Er ist ja zum Umblasen, er ist keiner von den Zähen. Vergiss ihn nicht, Angelito! Er hat ja sonst niemanden mehr, das arme Luder ...«

Angelito zog die Nase hoch und stand auf. Er bemerkte den verwunderten Blick eines Passanten. Der Simon in weißer Hose und weißen Söckchen passte nicht hierher.

»Ich vergess dich nicht, Juan«, sagte er. »Und Paprika auch nicht.« Dann machte er, dass er davonkam. Gregorios Nachmittagsunterricht musste bald zu Ende sein. Und Alicia hatte ihn bestimmt schon überall gesucht. Sie bestand darauf, dass er mitkam, wenn sie Gregorio zur Schule brachte oder von dort abholte. Aber bevor er nach Christo Rey zurückfuhr, musste er Tinto sehen, der zweimal vergeblich zum Tor gekommen war.

Er war noch ein ganzes Stück vom Parkplatz des Olímpico entfernt, als ihn schon einer erkannte. Mit wildem

Geschrei rannten die Jungen auf ihn zu und umringten ihn. Sie befühlten sein Hemd, seine Hose, beschnupperten ihn lachend und griffen in seine Hosentaschen. Er fragte nach Tinto. Nein, der war nicht hier, jetzt nicht, aber den ganzen Vormittag hatte er mitgemacht. Und er hatte ihnen schon erzählt, dass Angelito jetzt ein feiner Pinkel war.

Pepe drängte sich vor.

»Warum hast du ihn nicht reingelassen?«, fragte er drohend. »Warum bist du ins Haus gerannt und hast noch die Wache auf ihn gehetzt?«

Es dauerte eine Weile, bis Angelito begriff. Aber dann wollte er erklären, sich verteidigen.

»Ja, stotter nur!«, rief Pepe. »Und warum hast du vor dem Restaurant so getan, als ob du uns nicht kennen würdest? Warum hast du deinen Leuten nicht gesagt, dass wir deine Freunde sind? Vielleicht hätten sie uns was gegeben. Du hast uns alles versaut – Verräter!«

Er packte Angelito am Hemd und schlug ihm die Faust ins Gesicht. Blut schoss aus der Nase und tröpfelte auf das weiße Hemd. Angelito schrie auf. Er riss sich los und wich zurück.

»Wir kommen, alle«, schrie Pepe. »Und du machst uns auf!«

Angelito schüttelte den Kopf. Dann rannte er davon, hinüber zur Trambahnstation. Die Jungen rannten johlend und schreiend hinter ihm her. Aber ein Bus drängte sich zwischen ihn und sie, und es gelang ihm, auf eine Tram aufzuspringen, die gerade abfuhr. Nur Pepe blieb ihm auf den Fersen, und es gelang auch ihm, sich an die Tram zu hängen.

»Fahrt mit der nächsten!«, rief er den anderen zu, die, in eine Staubwolke gehüllt, die Tram verfolgten. »Ich warte auf euch!«

Die beiden Jungen hingen nebeneinander an der Rückwand des letzten Waggons und starrten sich feindselig an.

»Haben wir dir nicht auch geholfen«, keuchte Pepe, »damals, als es dir noch dreckig ging? Und jetzt, wo dich ein paar reiche Trottel an Land gezogen haben, willst du nichts mehr von uns wissen!«

»Du hast ja keine Ahnung!«, schrie Angelito zurück. »Die ziehen mich an und machen mich satt, aber Geld krieg ich nicht von ihnen, nicht einen Centavo! Wie soll ich euch was abgeben, wenn ich selber nichts hab?«

»Dann lass uns rein!«, schrie Pepe. »Wir nehmen uns schon, was wir brauchen!«

Marisol schaute nicht auf, als sie am Trödelmarkt vorbeifuhren. Sie breitete gerade eine Reihe von Geldbörsen vor einem Kunden aus. Aber Catalina und Yolanda entdeckten ihn. Sie winkten, aber Angelito winkte nicht zurück. Er hatte Angst.

»Heiligemariamuttergottes«, betete er, »lass ihn loslassen und hinunterfallen!«

Er betete während der ganzen langen Avenida Principal und auch noch in der Schleife um den Park La Libertad. Als die Tram bremste, sprang er ab und rannte davon. Aber Pepe holte ihn ein. Er lief neben ihm her und grinste. Pepe. Den hatte er immer gemocht.

»Lauf nur weiter, lauf!«, rief Pepe lachend. »Ich will doch sehen, wo du wohnst.«

Angelito rannte schneller. Als er in die Sackgasse einbog,

blieb Pepe stehen. Gregorio stand am Tor. Seine Brille funkelte in der Abendsonne. Sobald er Angelito erkannte, begann er wild mit den Armen zu rudern.

»Wo warst du denn?«, rief er ihm entgegen. »Du kannst doch nicht einfach weglaufen! Papa ist extra wegen dir früher aus der Bank heim …«

Da sah er das Blut auf Angelitos Hemd und verstummte.

»Lass mich rein – schnell!«, schrie Angelito.

Gregorio öffnete das Tor und schlug es hinter Angelito zu. Raúl kam aus dem Gärtnerhäuschen, und Alicia stürzte aus dem Haus. Hinter ihr erschienen Carmen, Don Fernando und Doña Laura. Alle umringten Angelito. Er wischte die blutige Nase am Ärmel ab.

»Mein Gott, wer hat dich denn so zugerichtet?«, fragte Doña Laura.

»Deine Freunde, nicht wahr«, sagte Don Fernando scharf. Angelito nickte.

»Das wird dir hoffentlich eine Lehre sein«, sagte Don Fernando.

»Sie kommen«, flüsterte Angelito.

»Was wollen sie hier?«, fragte Doña Laura und schüttelte ihn.

Don Fernando befahl Raúl, den Gartenschlauch bis vor das Tor auszurollen. Raúl grinste. Er verstand.

Don Fernando und Doña Laura kehrten ins Haus zurück. Angelito wollte mit. Aber Don Fernando schob ihn zurück: »Du bleibst hier und schaust dir das an. Damit du's nicht vergisst.«

Carmen und Alicia sahen sich an. Dann verschwanden auch sie.

Als wenig später die Jungen, von Pepe angeführt, durch die Sackgasse angestürmt kamen und sich johlend gegen das Torgitter warfen, empfing sie Raúl mit einem vollen Strahl. Gregorio ruderte mit den Armen und stieß ein wildes Triumphgeheul aus. Angelito warf sich auf die Erde und weinte. Raúl spritzte immer noch, als er aufsprang und sich im Baumhaus verkroch.

»Du hättest sehen sollen, wie sie pudelnass abgezogen sind«, sagte Gregorio später, als Angelito schon ein frisches Hemd anhatte. »Luis ist auch noch dazugekommen und hat ihnen einen ordentlichen Schreck eingejagt. Die kommen nicht wieder, darauf kannst du dich verlassen!«

»Danke, dass du mir aufgemacht hast«, sagte Angelito.

»Ein für alle Mal, Simon«, sagte Don Fernando beim Abendessen. »Wir wollen nicht, dass du dich herumtreibst, hast du verstanden?«

»Lass ihn jetzt«, sagte Doña Laura. »Er zittert ja immer noch.«

An einem der nächsten Tage kam Don Fernando mit einem jungen Schäferhund heim. Gregorio jubelte.

»Der ist nicht zum Spielen, sondern zum Wachen«, sagte Don Fernando. »Er ist schärfer als Tristan«, fügte er noch hinzu und übergab ihn Raúl zur Pflege.

14

Auch Carmen musste bald wieder gehen. **Doña Laura** beschuldigte sie, Geld aus ihrer Börse gestohlen zu haben.

Nach Carmen kam Elena, eine quirlige Mestizin. Drei Wochen lang ging alles gut, dann überzog sie ihren Sonntagsurlaub um zwei Tage. Als sie wieder auftauchte, war Doña Laura empört.

»Meine Großmutter war schwerkrank«, verteidigte sich Elena.

»Du hättest wenigstens anrufen können«, sagte Doña Laura.

Elena brachte unter Schluchzen vor, dass das einzige Telefon im Dorf schon seit Monaten kaputt sei, aber das nannte Doña Laura eine dumme Ausrede, und Elena wurde entlassen.

Ihr folgte Alma, die schon vierzig Jahre alt war. Nach einem knappen Monat ging sie selber, weil ihr eine besser bezahlte Stellung angeboten wurde. Doña Laura zwang sie, die Kündigungsfrist einzuhalten.

Dann kam die Schwarze Enriqueta, der Doña Laura lange nichts nachweisen konnte, bis sie ihr, als sie sich für einen Sonntagsurlaub abmeldete, eine Büchse Ölsardinen aus dem Blusenausschnitt zog.

Der Schwarzen folgte Olga. Sie war noch sehr jung. Sie kam aus dem Dorf El Cisne am Fluss und war noch nirgends in Stellung gewesen. Nonnen leiteten die Mädchenschule dieses Dorfes. Die Oberin und Doña Laura kannten sich. Doña Laura hatte sich auf der Suche nach einem zuverlässigen Dienstmädchen auch an sie gewandt, und die Oberin hatte ihr Olga wärmstens empfohlen.

Olga hatte bei den Nonnen wunderschön sticken gelernt. Doña Laura war entzückt und ließ sich von ihr Batist-Taschentücher besticken. Angelito saß gern in ihrer Kammer. Da waren jetzt weiße Gardinen aufgezogen, und eine bestickte Decke lag über der Pritsche. Darüber hingen Heiligenbilder. Sie waren aus irgendeiner Zeitschrift ausgeschnitten und mit Reißzwecken an der Wand befestigt. In einer Schuhschachtel häuften sich Garnröllchen und -knäule.

Bei ihrer Ankunft hatte Olga ihr langes schwarzes Haar in einem Zopf getragen, der ihr über den Rücken hing. Aber schon bald trug sie es offen, mit einem Stirnband – bis ihr Doña Laura diese Frisur verbot. Sie störe bei der Arbeit und sei unhygienisch. Da ließ sich Olga ihr Haar mit dem ersten Lohn auf die halbe Länge schneiden und künstlich wellen. Jetzt sah sie aus wie die meisten Dienstmädchen in der Nachbarschaft und war sehr stolz darauf.

»Wenn das deine Nonnen sähen«, seufzte Doña Laura.

Angelito mochte Olga gleich gut leiden. Sie lachte gern und konnte richtig übermütig werden. Er beneidete sie um ihre große Familie, von der sie bei jeder Gelegenheit erzählte: Ihre Mutter war schon seit ein paar Jahren tot. Sie war das drittjüngste von neun Kindern. Sie hatte sechs Schwestern und zwei Brüder. Drei Schwestern waren schon verheiratet und hatten Kinder. Zwei der unverheirateten Schwestern hatten auch Kinder. Die hatten es schwer, so ohne Mann. Ein Bruder war bei den Soldaten, der andere, ein Jahr jünger als sie selbst, war Schaffner in dem Bus, der zwischen El Cisne und der Stadt verkehrte. Er verkaufte die Fahrkarten und lud das Gepäck auf den Dachgepäckträger. Alle Geschwister zusammen kümmerten sich um den Vater. In seinen jungen Jahren war er Fischer gewesen; aber dann hatte er ein Motorboot gefahren, immer flussaufwärts und flussabwärts, sechzehn Stationen am rechten, neun am linken Ufer. Personentransport, fast wie ein Bus, für Verwandten- und Marktbesuche. **GOLONDRINA** hatte das Boot geheißen. Aber es hatte nicht ihm gehört. Er hatte nur am Steuer gesessen. Der Besitzer wohnte in der Stadt. Ihm gehörten acht Motorboote, die auf dem Fluss fuhren.

Eines Tages hatte ein Frachtboot die **GOLONDRINA** gerammt. Dabei war Olgas Vater schwer verletzt worden. Ein Bein hatte er bis zum Knie verloren, das andere Bein war steif geblieben. Es sei seine Schuld gewesen, hatte der Bootsbesitzer gesagt. Seitdem musste er sehen, wie er zurechtkam.

Olga hatte ein Bild von ihm auf dem Hocker neben ihrer Pritsche stehen. Da saß er in blütenweißem Hemd hinter dem Steuerrad eines Motorbootes. Auf dem Kopf trug er eine Schirmmütze mit goldener Litze. Ein stattlicher Mann. »So einen Vater gibt's nicht mehr«, sagte Olga oft, und dann küsste sie jedes Mal das Bild.

Aber da gab's auch noch uralte Großeltern, Vaters Eltern, und Vaters unverheiratete Schwester. In der Hütte am Fluss wohnten neun Erwachsene und sechs Kinder.

»Bei Regen wird's eng«, lachte Olga. »Dann stolpert man überall über Kinder. Aber meistens tummeln sie sich ja draußen herum und sind nur nachts drin. Wenn der José vom Militär zurückkommt, will er noch einen Raum anbauen. Dann haben wir drei Zimmer. Dann gibt's Luft.«

Sie dachte praktisch: Die Pappteller, auf denen die Bettler am Tor ihr Essen bekamen, sammelte sie hinterher wieder ein, wusch sie gründlich und stapelte sie unter ihrer Pritsche, um sie am nächsten freien Tag mit heimzunehmen.

»Die kann meine jüngste Schwester gut brauchen«, sagte sie. »Sie verkauft Maistaschen in der Bootsanlegestelle. Wenn sie die heißen Maistaschen auf Tellern anbietet, verkauft sie gleich das Doppelte.« Olga konnte es immer kaum erwarten, heimzufahren. Angelito winkte ihr vom Tor nach, und wenn sie zurückkam, schenkte sie ihm und Gregorio schöne Muscheln. Der Señora brachte sie nach ihrem zweiten Urlaub einen fetten Fisch mit. Denn Bruder und Vater fischten mit der Reuse, und an diesem Wochenende hatten sie besonderes Glück gehabt. Davon sollten die Zambranos dann auch was haben.

Doña Laura aber schüttelte den Kopf: Der Fisch war ja schon ein paar Stunden tot. Und er war im heißen Bus transportiert worden. Er war ihr nicht mehr frisch genug.

»Aber ich hab ihn doch in Blätter gewickelt!«, rief Olga. »Darin hält er sich viel länger frisch!«

Doña Laura warf ihn trotzdem in den Abfalleimer, samt den großen grünen Blättern. Sie wickelte ihn nicht einmal aus, um ihn sich anzusehen.

»Was denkst du dir auch?«, hörte Angelito Alicia zu Olga sagen. »Was für uns ein schöner Fisch ist, ist für die nur ein Klacks. Die können sich doch die größten Fische selber kaufen.«

Von da an brachte Olga keine Fische mehr mit. Aber an die Muscheln für Angelito und Gregorio dachte sie immer, und bald hatte Angelito eine ganze Muschelsammlung unter seinem Bett.

»Warum legst du die Muscheln nicht auf dein Regal?«, fragte Gregorio.

»Darf ich das?«, fragte Angelito.

Und Gregorio erzählte den Witz gleich seiner Mutter. Amüsiert erklärte sie Angelito, dass das Regal ja gerade dafür gedacht sei: für alle seine kleinen und großen Sachen. Da reihte er seine Muscheln im obersten Fach nebeneinander, und sogar Don Fernando kam, um sie zu bewundern. Die schönsten Muscheln hatte aber Gregorio. Der wollte immer tauschen, und Angelito traute sich nicht, Nein zu sagen.

15

Nach vier Monaten Unterricht fand Señor Larázabal, nun habe Simon wohl den Anschluss an das dritte Schuljahr gefunden. Mit ein bisschen Hilfe bei den Hausaufgaben während der ersten Schulwochen müsse es klappen.

Angelito bekam eine Schuluniform. Vor dem Spiegel im Flur drehte er sich hin und her. Reicher konnte man nicht aussehen. Seine alten Freunde würden ihn in dieser Verkleidung kaum erkennen.

Don Fernando fuhr selber mit ihm in die Stadt, um Bücher, Hefte und eine Schultasche zu kaufen. Die Tasche war gefüttert und roch nach Leder. Auf der Heimfahrt sagte

Don Fernando: »Du weißt, dass es Gregorio in der Schule nicht immer einfach hat. Wir hoffen, dass er sich wohler fühlen wird, wenn du bei ihm bist. Er braucht jemanden, der ihm beisteht. Verstehst du, was ich meine?«

Angelito hatte nicht alle Worte, wohl aber ihren Sinn verstanden. Er nickte. Aber er spürte eine dumpfe Angst heraufkriechen. Was erwartete ihn in der Schule? Würden sie über Gregorio und ihn herfallen?

Der erste Tag wurde nicht so schlimm, wie er befürchtet hatte.

»Das ist Simon Angel Romero Córdoba«, sagte Gregorios Lehrerin zu den Schülern der dritten Klasse. »Er ist Gregorios Pflegebruder und wird neben ihm sitzen.«

SIMON ANGEL ROMERO CORDOBA. Angelito staunte. Er besaß jetzt also einen richtigen Nachnamen. Den musste Don Fernando für ihn ausgesucht haben. Aber warum hatte er ihn nicht Zambrano Guzmán genannt, so, wie Gregorio hieß? Das verstand Angelito nicht.

Die Kinder starrten ihn an. Er spürte, wie sie ihn beobachteten, auch wenn er nicht zu ihnen hinübersah. Auf die Fragen der Lehrerin wagte er nur zu nicken oder den Kopf zu schütteln. Und Gregorio tat, als habe er nichts mit ihm zu tun, und schaute zu den Fenstern hinüber.

Erst in der zweiten Stunde, der Rechenstunde, taute Angelito auf und zeigte, was er bei Señor Larázabal gelernt hatte. Im Einmaleins konnte er sich mit den anderen messen. Und danach, in der Sportstunde, bestaunten sie seine Kletterkünste. An der Stange war er der Schnellste. Jetzt war Gregorio immer dicht bei ihm, war ganz aufmerksam, und immer wieder rief er den anderen zu: »Er kann noch viel mehr!« In der Pause stand Gregorio mit Angelito allein. Die anderen machten einen Bogen um sie. Schließlich führte Gregorio Angelito herum und zeigte ihm alles: die Schaukästen in den Fluren, die Toiletten, den Sportplatz und den Trinkwasserbehälter. Vor einem Abfallkorb auf dem Schulhof blieb Angelito wie angewurzelt stehen, dann beugte er sich darüber und begann zu wühlen und angebissene Brote und halbzerquetschte Bananen herauszuscharren.

»Was machst du da?«, fragte Gregorio erschrocken und zerrte ihn am Ärmel. »Die schauen alle!«

Angelito ließ fallen, was er gerade in den Händen hielt, und sah sich um. Da schauten die anderen weg, und Gregorio zog ihn fort.

Nein, die Pause gefiel Angelito nicht. Er musste die ganze Zeit daran denken, dass zu jedem der Jungen und Mädchen eine Villa mit Garten und Swimmingpool gehörte. Und Autos und Dienstmädchen und Gärtner und so viel Geld, dass ihnen ihre Eltern alle Wünsche erfüllen konnten. Oder jedenfalls **fast** alle. Das schienen auch die Lehrerinnen und Lehrer zu wissen. Denn sie gingen mit den Kindern um wie mit kleinen Herren und Damen.

Nach der Pause musste Angelito schreiben. Die Lehrerin zeigte sich nicht zufrieden, und auch sein Lesen fand sie noch nicht flüssig genug. Da blieb Gregorio wieder stumm und tat gelangweilt. Als Angelito mitten in der Stunde zu zappeln anfing, weil er dringend pinkeln musste, errötete Gregorio vor Verlegenheit.

»Es wird schon werden, Simon«, sagte die Lehrerin, strich Angelito übers Haar und schickte ihn auf die Toilette.

»Na, wie war's?«, fragte Doña Laura, die die beiden abholte.

»Keiner hat **LINSE** gerufen«, sagte Gregorio.

Angelito blieb stumm. Er hätte nicht gewusst, wo er mit Erzählen hätte anfangen sollen. Und er brauchte es auch nicht, denn Gregorio erzählte für ihn: was die Lehrerin zu Simons Leserei und seiner Schrift gesagt hatte; dass Simon ganz gut im Rechnen gewesen war; und vor allem, dass Simon im Klettern alle geschlagen hatte.

Doña Laura hörte aufmerksam zu.

Aber schon am nächsten Tag wurde es anders. In der großen Pause, als Angelito mit Gregorio auf die Toilette ging, hörte er einen Jungen »Linse, Linse!« rufen.

»Der dort war's!«, rief Gregorio. »Der mit den gelben Turnschuhen!«

Angelito sah ihn fortlaufen.

»Na los!«, rief Gregorio. »Renn ihm nach und vertrimm ihn!«

»Nur weil er was ruft?«, fragte Angelito.

Er lief dem Jungen nicht nach, sondern ging auf die Toilette.

Noch ein paarmal hörte er in dieser Pause »Linse«-Rufe. Und in der nächsten wieder. Und nicht nur der mit den gelben Turnschuhen rief. Alle riefen, und alle taten es mit einem gespannten Seitenblick auf Angelito.

Auf dem Heimweg mit Alicia war Gregorio auffallend

mürrisch. Er trat sogar nach Blacky, dem neuen Hund, der Alicia begleitet hatte und brav neben ihnen herlief. Daheim beschwerte er sich dann bei Doña Laura.

»Das war nicht sehr nett von dir«, sagte Doña Laura zu Angelito. »Er ist schließlich dein Bruder. Wenn er verspottet wird, musst du ihm helfen, damit das aufhört.«

Am nächsten Morgen stürzte sich Angelito auf den Erstbesten, der »Linse!« rief, und verprügelte ihn so, dass er aus der Nase blutete und sein Uniformhemd in Fetzen hing. Angelito wurde zum Direktor gerufen.

»Erst den dritten Tag hier – und schon so etwas!«, tadelte ihn auch seine Klassenlehrerin. »Du scheinst ja ein Früchtchen zu sein.«

Aber Gregorio war glücklich. »Toll«, flüsterte er ihm zu, »danke!«

Angelito wusste nicht: Sollte er sich schämen oder stolz sein auf das, was er getan hatte? Mit gesenktem Kopf kam er heim, aber Gregorio lobte ihn in den höchsten Tönen und schilderte die Prügelei erst Doña Laura, dann Don Fernando und schließlich auch noch den Mädchen in der Küche und dem Gärtner.

»Kopf hoch, Simon«, sagte Don Fernando. »Du hast deine Pflicht getan. Und das Hemd und die Arztrechnung bezahle ich. Versuche nur, das nächste Mal nicht so fest zuzuhauen. Es muss ja nicht gleich Blut fließen.«

Aber Angelito brauchte in der Schule nicht mehr zu hauen, weder fest noch weniger fest. Niemand rief mehr »Linse«. Gregorio hatte Ruhe. Und Angelito konnte sich alles erlauben, ohne dass jemand wagte, ihn auszulachen oder zu hänseln. Sogar, als er in der Religionsstunde seinen Kopf auf den Tisch sinken ließ und einschlief, lachte niemand. Und als er die Lehrer mit seiner altvertrauten Litanei um Geld anbettelte, weil Gregorio sein Pausenbrot schon aufgegessen hatte, aber noch Appetit auf einen Schokoriegel vom Schulkiosk kundtat, hielten das die anderen für einen köstlichen Witz und bewunderten ihn wegen seines Mutes. Jeder wollte sein Freund sein. Dabei fiel auch für Gregorio ein wenig Wohlwollen ab.

Angelito holte schnell auf. Am Ende des Schuljahres war sein Zeugnis fast so gut wie das von Gregorio. Seine Klassenlehrerin bemängelte noch seine Schrift und seine Rechtschreibung, aber sie staunte über seine Fortschritte im Lesen. In Sport war er der Zweitbeste. Im Swimmingpool der Zambranos und im Schwimmbad der Schule tummelte er sich, als hätte er schon im Säuglingsalter schwimmen gelernt. »Und keine Spur mehr von Streitlust«, sagte die Lehrerin zu Doña Laura. »Weiß der Himmel, was damals in ihn gefahren ist!«
Angelito stand dabei und hörte zu. Er sah Doña Laura an. Aber sie tat so, als könnte sie sich das auch nicht erklären. »Und er bettelt auch nicht mehr und gibt während des Unterrichts dem Schlaf nicht mehr nach«, sagte die Lehrerin. »Ich glaube, an diesem Kind werden Sie noch viel Freude haben.«
»Wir sind zufrieden mit dir«, sagte am Abend Don Fernando.

Aber am zufriedensten schien Gregorio zu sein. Niemand lachte mehr über seine Brille, und oft wurde er nun zusammen mit Angelito zu Schulkameraden eingeladen. Angelito verlor nie ein Wort darüber, dass eigentlich er es war, den die Kinder einluden, und dass Gregorio nur eine Art Anhängsel war, das man in Kauf nehmen musste, wenn man Angelito haben wollte. Denn er hatte schnell gelernt, dass die Zambranos es nicht gern sahen, wenn er sich allein einladen ließ.

»Du bist hier nie die Hauptperson«, hatte ihm Alicia einmal erklärt, »auch wenn du dich noch so untadelig benimmst. Du giltst nur etwas als Gregorios Begleiter und Beschützer. Du tust gut daran, dich in seinem Schatten zu halten.«

An diesen Rat hielt sich Angelito.

»Merkst du, was sich da abspielt?«, hörte Angelito einmal Doña Laura zu Don Fernando sagen. »Gregorio ist gar nicht der, der das Sagen hat. Er **liebt** Simon!«

»Warum nicht?«, entgegnete Don Fernando. »Wenn Gregorio sich dabei wohl fühlt …«

Aber es war nicht einfach mit Gregorio. Er verfiel auf die absonderlichsten Wünsche und verlangte, dass Angelito sie ihm erfüllte. Zugleich hatte er Angst vor Angelitos Zorn. Es war, als ob er ihre Freundschaft immer wieder auf die Probe stellen wollte.

16

Angelito besaß nicht nur **einen Vor-** und Nachnamen, **sondern** auch einen Tag, an dem er Geburtstag feiern konnte.

Angelito konnte sich an einen einzigen Geburtstag erinnern, ganz fern in der Vergangenheit, an dem seine Mutter ein Stück Kuchen beim Bäcker geholt hatte, ein einziges Stück, gelb, weiß und rosa gestreift. Das hatte sie ihm feierlich auf die ausgestreckten Hände gelegt. Aber eine Ecke davon hatte sie dann doch auch abgebissen. Und dann war sie mit ihm auf einen Rummelplatz gegangen und hatte ihn Karussell fahren lassen. Zweimal: einmal auf einem Schwan und einmal auf einem Elefanten. Sie hatte zugeschaut und gewinkt, und dann hatte sie ihm noch einen gasgefüllten blauen Luftballon gekauft. Danach waren sie wieder heimgegangen. Der Luftballon hatte, langsam kleiner werdend, an der Zimmerdecke gehangen, bis er ihn eines Morgens, als er aufwachte, auf dem Fußboden fand. Als ihn die Mutter noch einmal aufblasen wollte, platzte er. Ein wunderschöner Geburtstag war das gewesen.

Sein Geburtstag bei den Zambranos war ganz anders.

»Wen willst du einladen, Simon?«, fragte Doña Laura.

Angelito zögerte. Ein paar aus seiner Klasse hätte er gern eingeladen. Aber auch Tinto. Und Catalina und Yolanda. Und Euclides und Juan Ohnehand. Ach ja, und Petrona. Aber das würde Doña Laura nie erlauben. Nein, wenn er seine alten Freunde nicht einladen durfte, dann wollte er auch die neuen nicht einladen.

»Nun?«, drängte Doña Laura.

Da sagte Angelito: »Elías Camacho.« Das war der Junge, mit dem zusammen er immer die Tafel putzte. Dessen Vater war der Hausmeister der Schule.

»Mehr nicht?«, fragte Doña Laura erstaunt.

»Gregorio ist ja noch dabei«, antwortete Angelito.

»Drei Kinder – was gibt denn das für einen Geburtstag!«, rief Doña Laura und lud alle Klassenkameraden ein, bei denen Angelito und Gregorio auch schon zum Geburtstag eingeladen worden waren. Auch Gregorio hatte noch Wünsche, und so kamen doch zweiundzwanzig Kinder zusammen. Pater Cosme sollte auch dabei sein. Darauf bestand Doña Laura. Er nahm an allen großen Festen der Zambranos teil.

Es wurde einer jener Kindergeburtstage, wie Angelito sie von Freunden aus der Schule kannte: Die Gäste überhäuften das Geburtstagskind mit Geschenken.

Beim Öffnen des ersten Päckchens bemühte sich Angelito sehr, das Papier nicht zu zerreißen. Es sah so kostbar aus. Ungeduldig umstanden ihn die Gäste.

»So macht man das nicht«, sagte Doña Laura, nahm ihm das Päckchen aus der Hand und riss das Papier auf. Eine Riesenschokolade kam zum Vorschein.

»Oh, wie schön!«, rief sie. »Tausend Dank!«

Sie legte sie auf den Tisch, der extra für die Geschenke aufgestellt worden war, und forderte Angelito auf, nun selber weiterzumachen. Von da an riss auch er die Päckchen auf, zog die Geschenke heraus, sagte »Oh, wie schön – tausend

Dank«, legte sie auf den Tisch und ließ das Papier einfach fallen. Es wurde ein Berg von Geschenken: zwei Bälle, drei Bücher, zwei Taschenmesser, drei Spielzeugpistolen, ein Bastelkasten, ein Quartett, ein Füller, ein Schlafanzug und Süßigkeiten über Süßigkeiten. Drei Bälle, mehrere Bastelkästen, ein Taschenmesser, zwei Quartette, einen Füller und einen Stapel Schlafanzüge besaß Angelito schon. Nun war es von allem noch mehr.

»Freust du dich?«, fragte Doña Laura.

»Ja«, antwortete Angelito und wagte nicht zu seufzen. »Danke.«

Die Gäste verteilten sich auf die Stühle rund um die lange Tafel unter den Bäumen. Alicia und Olga liefen geschäftig zwischen den lärmenden Kindern und der Küche hin und her. Auch sie hatten Angelito beschenkt: Von Alicia hatte er ein Halskettchen mit einem Kreuz als Anhänger bekommen, und von Olga eine besonders schöne Muschel.

»Was ist das denn?«, fragte Doña Laura, als sie das Kettchen an Angelitos Hals entdeckte. »Mit so was läufst du mir nicht herum!«

Aber er behielt es um. Er knöpfte sich nur das Hemd bis zum Hals zu, obwohl es viel zu heiß dazu war.

Das Geschenk von Don Fernando, eine Armbanduhr, war wunderschön.

»Die hat sich Papa was kosten lassen«, erklärte Gregorio.

Gregorio hatte ihm eine Hupe gekauft – eine viel schönere, als sich Angelito damals für den Dollar erstanden hatte. Aber als er zu hupen begann, verbot es ihm Doña Laura. Da legte Angelito die Hupe zu den anderen Geschenken auf den Tisch und sah sie nicht mehr an.

Blacky, der neue Hund, hatte ein lustiges Papierhütchen auf dem Kopf, genau wie die Kinder. Er versuchte es vergeblich an den Baumstämmen abzustreifen. Laute Musik hallte durch den Garten, und in den Bäumen hingen Luftballons, die Raúl aufgehängt hatte. Auf der langen Tafel standen Kuchen und Torten. Nach dem Kaffeetrinken wurden die lustigen Figuren aus Pappmaché zerschlagen, die an Schnüren aus den Ästen herabhingen und mit Süßigkeiten gefüllt waren. Bei der Verlosung brach Gregorio in Tränen aus, weil er nicht die Taschenlampe bekam, die er gerne hatte haben wollen, und Doña Laura versprach ihm für den nächsten Tag eine noch schönere.

Dann nahm Gregorio die Hupe, sprang damit herum und machte einen ohrenbetäubenden Lärm. Angelito wartete auf Doña Lauras Protest, aber es kam keiner. Gregorio ließ Raúl den Gartenschlauch anschließen und spritzte erst Olga und Alicia, dann Raúl und Blacky und schließlich die Kinder und Kindermädchen aus der Nachbarschaft nass, die durch das Gartentor spähten. Da verbot es ihm Don Fernando.

»Bist du von allen guten Geistern verlassen?«, schimpfte er. Angelito aber blieb die ganze Zeit sehr still. Und als es dunkel wurde und Doña Laura Laternen für einen Umzug um den Block verteilte, meldete er sich nicht, als er dabei vergessen wurde. Gregorio war es, der auch ihn mit einer Laterne versorgte. »Träumst du, Simon?«, fragte er.

»Ich wär jetzt lieber im Baumhaus«, antwortete Angelito leise.

Aber Don Fernando hatte für die Dauer des Festes die Strickleiter wegnehmen lassen.

»Zu gefährlich«, hatte er gemeint.

Auf dem Umzug gab Luis den Kindern Geleit. Er nahm die Aufgabe sehr wichtig. Ein paar Kaugummis und Bonbons, die die Kinder verloren hatten, hob er auf und bot sie mit Donnerstimme an. Aber niemand wollte sie haben. Sie hatten ja schon auf dem Boden gelegen. Da steckte er sie verlegen grinsend ein. »Für meine Tochter«, sagte er.

Nach dem Umzug gab es noch ein Feuerwerk. Don Fernando persönlich zündete die Raketen. Raúl half ihm dabei. Es prasselte und zischte, und bunte Lichter flackerten über die Gesichter der Zuschauer, die vor Vergnügen jubelten. Aber als man das Geburtstagskind zum Abschied noch einmal hochleben lassen wollte, fand man es nicht. Alle schwärmten in den Garten aus, riefen und suchten und leuchteten in die Büsche und Hecken. Auch Luis mit seiner extrastarken Taschenlampe konnte ihn nicht entdecken. Bis Gregorio auf den Gedanken kam, Raúl die Strickleiter aufhängen zu lassen.

Er hatte richtig vermutet: Angelito war im Baumhaus. Er schlief. Er hatte sich um einen blauen Luftballon gerollt. So fest schlief er, dass sie ihn nicht aufwecken konnten.

Als Angelito später doch noch ins Haus schlich, hörte er Gregorios Stimme aus dem Wohnzimmer: »Er kann seinen Geburtstag feiern, wie er will!«

»Gregorio mag dich«, flüsterte Alicia, die eben aus der Küche kam. »Das ist dein Glück. Für dich legt er sich sogar mit seinen Eltern und mit Pater Cosme an.«

»Ich mag ihn auch«, sagte Angelito.

Während des nächsten, des vierten Schuljahres wurde Angelitos Zeugnis in mehreren Fächern besser als das von Gregorio, und als das Schuljahr zu Ende ging, gehörte Angelito zu den Klassenbesten.

»Hast du was angestellt, Simon?«, fragte Don Fernando eines Tages. »Der Direktor bestellt mich in die Schule.«

Aber Angelito war sich keiner Schuld bewusst, und auch Gregorio zuckte nur mit den Achseln.

Als Don Fernando zurückkam, machte er ein verschlossenes Gesicht. Er winkte Doña Laura ins Wohnzimmer und schloss die Tür.

Im Baumhaus erfuhr Angelito von Gregorio, worum es ging.

»Sie wollten dich eine Klasse überspringen lassen«, flüsterte Gregorio. »Weil du so gut bist. Du würdest dich in unserer Klasse langweilen, sagen sie.«

»Dann käme ich nach den Ferien schon in die sechste?«, fragte Angelito.

»Ich soll dir nichts davon verraten«, flüsterte Gregorio. »Aber es wird nichts draus. Papa und Mama wollen, dass du in meiner Klasse bleibst. Und ich auch.«

Angelito schwieg. Er hatte begriffen.

»Wär's dir lieber, du kämst in eine andere Klasse?«, fragte Gregorio und starrte Angelito durch seine dicken Brillengläser an.

»Nein«, sagte Angelito.

»Und du würdest sogar **freiwillig** bleiben?«, fragte Gregorio weiter.

»Ja«, sagte Angelito. Und er war sich nicht mal sicher, ob das jetzt gelogen war oder nicht.

»Wir bleiben zusammen, Simon«, sagte Gregorio. »Das verspech ich dir. Und du musst mir's auch versprechen.« Angelito versprach es. Von diesem Versprechen erzählte er niemandem. Nur Alicia. »Sie sorgen schon dafür, dass unsere Bäume nicht in den Himmel wachsen«, meinte sie.

17

Mit der Zeit dachte Angelito weniger an seine Freunde in der Stadt. Bei den Zambranos gab es so viel Neues, so viel Aufregendes zu erleben, so viel Unerhörtes zu überdenken. Wenn sie im Auto durch die Stadt fuhren, brausten sie manchmal an einem der alten Freunde vorüber, aber er wagte nicht mehr, ihnen zuzuwinken. Nur in seinen Träumen begegnete er ihnen noch. Dann war er wieder einer von ihnen, und komisch: Er war dann glücklich.

Einmal, als er träumte, redete er im Schlaf.

»Wer war das, mit dem du heute Nacht gesprochen hast?«, fragte ihn Gregorio am nächsten Morgen mit einer steilen Falte zwischen den Brauen.

Angelito konnte sich an nichts erinnern.

»Juan Ohnehand hast du ihn genannt«, sagte Gregorio.

»Das ist einer, den ich früher kannte«, antwortete Angelito und versuchte, von etwas anderem zu sprechen.

»Hattest du ihn lieber als mich?«, fragte Gregorio.

»Damals, als ich dich noch nicht kannte, hatte ich ihn lieb«, sagte Angelito.

Aber Gregorio gab sich mit dieser vorsichtigen Antwort nicht zufrieden.

»Und jetzt?«, bohrte er weiter.

»Jetzt **träume** ich nur noch von ihm.«

»Hättest du ihn gern zu deinem Geburtstag eingeladen?«

»Juan Ohnehand ist ein Mann, kein Kind«, erklärte Angelito. »Ein Mann, der keine Hände mehr hat, darum heißt er so.«

Gregorio sah ihn ungläubig an. Er dachte eine Weile nach, dann sagte er: »Den will ich sehen.«

»Bist du verrückt?«, flüsterte Angelito, obwohl niemand sie hören konnte. »Du weißt doch, dass nicht mal ich meine alten Freunde treffen darf. Weißt du noch, was los war, als ich damals allein in die Stadt gefahren bin?«

»Mama und Papa brauchen es ja nicht zu wissen«, flüsterte Gregorio zurück.

»Die kriegen's raus«, sagte Angelito.

»Feigling«, sagte Gregorio. »Wir brauchen doch nur zu warten, bis sie mal samstags zum Golfklub fahren, dort bleiben sie immer den ganzen Nachmittag. Wir sagen einfach, wir wollen nicht mitfahren, weil wir im Baumhaus spielen wollen. Und wenn sie weg sind, hauen wir ab. Bis die zurückkommen, sind wir längst wieder da. Alicia und Olga verpetzen uns bestimmt nicht, und Raúl auch nicht. Luis und Pablo sag ich, wenn sie uns verraten, erzähl ich Papa, wie oft ich sie schon beim Schlafen erwischt hab.«

»Und wenn's dann doch rauskommt?«, fragte Angelito.

»Dann sag ich, dass **ich** dich angestiftet hab«, antwortete Gregorio. »Mich können sie schließlich nicht vors Tor setzen.«

Ein paar Tage später, an einem frühen Samstagnachmittag, drehten sie den Knopf, schlüpften durch den Spalt und zogen das Tor wieder hinter sich zu. Eben verschwand Pablo um die Ecke der Avenida und gab sich alle Mühe, nicht zurückzuschauen.

Obwohl Angelito sein Herz schlagen spürte, musste er lachen, als er Gregorio ansah. Sie hatten sich beide Staub und Ruß ins Gesicht geschmiert. Niemand sollte sie erkennen, weder in Christo Rey noch in der Stadt. Auch ihre Hemden und Hosen hatten sie durch trockenes Laub und feuchte Erde gezogen. Es war Angelitos Idee gewesen, und Gregorio hatte sie gut gefunden. Angelito dachte an seinen letzten Ausflug in die Stadt. Er hatte Angst vor Pepe und den anderen vom Parkplatz. Vor allem von **ihnen** wollte er nicht erkannt werden. Erschrocken stellte er fest, dass er seine Uhr vom Handgelenk abzunehmen vergessen hatte. Hastig steckte er sie in die Hosentasche und wies Gregorio an, dasselbe zu tun.

»Mach auch deinen Scheitel weg«, sagte Angelito. »Und schneuz dich durch die Finger.«

»Das kann ich nicht«, sagte Gregorio.

»Dann lass es laufen«, sagte Angelito.

Alicia hatte ihnen Tramgeld mitgegeben, aber Gregorio wollte unbedingt an der Rückseite der Tram hängend fahren.

»Ich will wissen, wie das ist«, sagte er.

Doch als dann die Tram kam, verließ ihn der Mut, und sie stiegen doch ein und bezahlten. Die Tram war so voll, dass Angelito nicht hinaussehen konnte. Er konnte nicht feststellen, ob Euclides am Distriktgericht Schuhe putzte, und auch nicht, ob die Schwestern an der Ecke der Avenida Treinta de Julio Quittenmark verkauften. Erst kurz vor dem Trödelmarkt wurde es etwas leerer, und er konnte Marisols Stand ausmachen. Aber bevor er ihn Gregorio zeigen konnte, waren sie schon daran vorbei.

Sie stiegen auf der Plaza San Martin aus. Angelito atmete die Luft tief ein: altvertraute Gerüche. Hier stand eine Frittenbude, dort war das spanische Restaurant, und am Rand des Parkstreifens standen, wie immer, Frauen mit Körben voller Orangen, Ananas und Mangos. Er breitete die Arme aus, und Gregorio sah ihn verwundert an. Auf der anderen Straßenseite saß Juan Ohnehand.

Angelito nahm Gregorio bei der Hand und wollte mit ihm hinüberlaufen. Aber der zeigte auf die Bank, vor der sie standen.

»Schau«, sagte er, »da drin ist Papa Direktor.«

Erstaunt sah Angelito auf: »Da drin?« Wie oft hatte er vor diesen Schaltern gebettelt!

Dann gingen sie hinüber zu Juan Ohnehand. Gregorio hatte Angst, als ihn Angelito zwischen den fahrenden Wagen über die Straße zog.

»Angelito!«, rief Juan Ohnehand, als er Angelito erkannte.

»Angelito! – Und ich dachte schon, du hättest mich vergessen. Ich hab die ganze Zeit auf dich gewartet, Junge, weißt du das nicht?«

Er umarmte Angelito mit seinen Stümpfen.

»Ich konnte nicht früher«, stammelte Angelito. »Ich konnte nicht. Sie erlauben nicht, dass ich allein in die Stadt fahre.«

»Das stimmt«, sagte Gregorio.

Juan Ohnehand zeigte auf ihn: »Wer ist das?«

»Das ist jetzt mein Bruder«, antwortete Angelito. »Er wollte dich kennen lernen, weil ich von dir geträumt hab.«

»Gott segne dich, Kind«, sagte Juan Ohnehand und wollte Gregorio über den Kopf streichen. Aber Gregorio wich zurück.

»Und wie geht's deinen Kindern?«, fragte Angelito schnell. Er erfuhr, dass es nicht gut um sie stand. Die Tochter, noch ein halbes Kind, die sich um den Haushalt und die jüngeren Geschwister gekümmert hatte, war auf und davon gegangen. Und Estéban, der älteste der drei Söhne, saß im Gefängnis.

»Nur, weil er eine Runde auf einem Motorrad drehen wollte, das ihm nicht gehört hat«, seufzte Juan Ohnehand. »Er hätte es wieder hinstellen wollen, danach, sagt er. Aber das glaubten sie ihm natürlich nicht.«

Nun waren die beiden jüngsten Söhne allein daheim, zwölf und dreizehn Jahre alt.

»Sie treiben sich herum«, klagte Juan Ohnehand. «Wenn ich nach Hause komme, sind sie noch nicht da. Und ständig flüstern sie miteinander, und wenn ich dazukomme, sind sie still. Da ist irgendwas im Gang, irgendwas, was ich nicht wissen darf. Aber was soll ich tun? Ich **muss** hier sitzen, wo soll ich sonst das Geld zum Leben hernehmen? Ich mach mir Sorgen, Angelito. Ich weiß doch, wie's im Knast zugeht. Und sie werden's so lange treiben, bis sie auch dort landen. Wenn ich sie nur wieder in die Schule schicken könnte! Da wären sie von der Straße weg. Sie waren mal gute Schüler, meine Kinder, alle vier, bevor das mit meinen Händen passiert ist.«

»Und deine Frau?«, fragte Gregorio.

»Schon lange tot«, antwortete Juan. »Schon lange tot.«
Er hob mit den Zehen ein schmuddeliges Tuch vom Boden auf, nahm es zwischen die Stümpfe und fuhr sich damit über die Augen.

»Paprika ist gestorben«, sagte er dann. »Ich weiß es von Estéban. Er sitzt im selben Gefängnis, in dem auch Paprika war. Ich hab's kommen sehen, dass sie ihn fertig machen. Sie machen jeden fertig, wenn man ihnen nichts in die Hand schiebt. Ich hab's allein nicht schaffen können, Angelito. Und jetzt mein Estéban! Eineinhalb Jahre hat er bekommen.«

Angelito senkte den Kopf. Tränen liefen ihm über die Wangen. Gregorio aber zog mit einer hastigen Bewegung seine Armbanduhr aus der Hosentasche, warf sie in Juans Topf und lief weg.

Angelito rannte ihm nach. »Und was sagst du ihnen?«, rief er atemlos.

»Ich kann sie ja verloren haben.«

»**Dir** werden sie's glauben«, sagte Angelito.

»Das ist mir egal.«

Sie hielten an, und Angelitos Gesicht entspannte sich.

»Danke«, sagte er.

»Schon gut.«

18

Es ging alles gut. Sie kamen lange vor den Eltern zu Hause an und hatten genügend Zeit, sich zu waschen und umzuziehen. Gregorio sah ziemlich übel aus: Seine Knie waren aufgeschrammt, denn er war von der anfahrenden Tram gefallen. Den Eltern erzählte er, er sei auf den Fliesen des Swimmingpools ausgerutscht. Pablo zwinkerte den Jungen verstohlen zu. Und der Verlust der Armbanduhr sei ärgerlich, fand Don Fernando. Aber nachdem er den Gärtner den ganzen Garten und auch das Baumhaus hatte absuchen lassen, kaufte er Gregorio eine neue – mit einem zuverlässigeren Verschluss, wie er sagte.

»Das hätte ins Auge gehen können«, meinte Alicia, als sie mit ihr und Olga allein waren. »Wenn die Geschichte rausgekommen wäre, hätte uns kein Gregorio retten können. Dann wären wir dran gewesen. Alle.«

»Glaub ich nicht«, sagte Olga. »Die Jungen haben doch nichts Böses getan. Sie haben nur mal einen kleinen Ausflug in die Stadt gemacht. Schließlich sind sie alt genug dazu. Bei uns im Dorf gibt es Kinder, die sind viel jünger als Simon und Gregorio und fahren schon dreimal die Woche den weiten Weg in die Stadt.«

»Das ist was anderes«, sagte Alicia. »Die beiden sollen mit dem Elend und dem Schmutz nicht in Berührung kommen, verstehst du?«

Nein, das verstand Olga nicht.

»Du kennst die Reichen eben noch nicht«, sagte Alicia. »Aber du wirst sie noch kennen lernen.«

An einem der nächsten Tage, als Alicia und Angelito einmal allein zu Hause waren, rief Alicia Angelito zu sich und ging mit ihm in Don Fernandos Arbeitszimmer. Sie schlich auf Zehenspitzen, obwohl niemand da war, der sie hätte hören können, und Angelito folgte ihr ebenso leise. Vorsichtig öffnete sie die unterste Schublade des Wandschranks und zeigte auf einen Schuhkarton.

»Mach ihn auf«, flüsterte sie.

Er hob den Deckel ab und beugte sich über die Schachtel. Er sah nur Stoff. Ausgeblichene Lumpen.

»Erkennst du sie nicht?«, fragte Alicia. »Schau sie dir an.«

Angelito fasste den Stoff mit zwei Fingern an und hob ihn hoch. Es war eine ausgefranste Kinderhose. Seine Hose. Da erkannte er auch das zweite Stück: sein T-Shirt, sein zerrissenes, in dem er damals in den Garten der Zambranos gekommen war.

»Ich dachte …«, sagte Angelito verblüfft.

»Ich auch«, sagte Alicia. »Aber das Zeug ist noch da. Ich hab's damals waschen und Don Fernando geben müssen. Zufällig hab ich's hier kürzlich entdeckt. Sie haben es also aufgehoben.«

»Wozu?«, fragte Angelito beklommen.

Alicia hob die Schultern. »Das ist kein gutes Zeichen, Junge«, sagte sie. »Du solltest vorsichtig sein.«

Gregorio war ein paar Tage lang sehr nachdenklich. Und eines Abends, mitten beim Essen, fragte er seine Eltern: »Warum sind denn so viele Bettler in der Stadt?«

Alicia, die gerade die Suppe auftrug, warf ihm einen erschrockenen Blick zu. Aber er sah in seinen Teller. Und er schien auch Angelitos Tritt gegen das Schienbein nicht zu spüren.

»Warum es so viele sind, weiß ich auch nicht«, sagte Don Fernando. »Aber wenn du meinst, wer an ihrem Elend schuld ist, das kann ich dir sagen: sie selber.«

»Aber wenn einer nicht arbeiten kann?«, sagte Gregorio.

»Weil er zum Beispiel keine Hände mehr hat?«

»Nun«, sagte Doña Laura, »für so jemand sorgen dann Wohltätigkeitsvereine.«

»Seid ihr auch in so einem Wohltätigkeitsverein?«, fragte Gregorio.

Angelito schwieg und hielt den Kopf gesenkt. Aber er bemerkte doch den Blick, den sich die Eltern zuwarfen.

»Ja, Kind, im Wohltätigkeitsverein des Golfklubs«, sagte Doña Laura sanft. »Jeder, der dort Mitglied ist, gehört gleichzeitig dem Wohltätigkeitsverein an.«

»Und was tut ihr für die Bettler?«

»Wir sammeln alte Kleider, und wir veranstalten zweimal im Jahr einen Basar. Auf solchen Basaren bist du doch auch schon gewesen. Da werden Handarbeiten verkauft, die die Damen im Klub gestrickt oder gehäkelt oder gestickt haben, und auch andere Basteleien. Besonders schöne Sachen werden versteigert. Mit dem Geld, das wir dadurch einnehmen, veranstalten wir eine Speisung für Bettler und andere Leute, die besonders schlimm dran sind.«

»Und wie erfahren die davon?«, fragte Gregorio.

»Wir drucken Plakate und hängen sie überall in der Stadt auf«, sagte Don Fernando.

»Aber die meisten können nicht lesen«, sagte Gregorio.

»Das kann kein großes Problem sein«, lachte Don Fernando. »Wir mieten immer eine Riesenhalle, und trotzdem haben noch nie alle, die gekommen sind, hineingepasst. Wir müssen sogar welche wegschicken.«

»Und was machen die, die gar nicht erst kommen können, weil sie zu alt oder zu krank oder zu ausgehungert sind?«

»Es gibt ja noch viele andere Wohltätigkeitsvereine in unserer Stadt«, antwortete Don Fernando.

»Trotzdem«, sagte Gregorio nachdenklich. »Wenn das für alle reichen würde, müssten sie ja nicht betteln.«

»Tja«, sagte Don Fernando und hob die Schultern, »so ist das nun mal auf der Welt. Solange es Menschen gibt, hat es Arme und Reiche gegeben, und es wird sie weiterhin geben. Und schon immer gab es viel mehr Arme als Reiche. Wenn du älter bist, wirst du auch verstehen, warum das so ist.«

»Pater Cosme sagt, in der Bibel steht, man soll das, was man hat, mit den Armen teilen.«

»Das meint er nicht wörtlich«, sagte Doña Laura. »Er meint, wir sollen den Armen etwas abgeben. Dass wir das tun, haben wir dir ja gerade erklärt. Und bekommt nicht jeder, der an unser Tor kommt, von uns etwas zu essen?«

»Doch«, sagte Gregorio nachdenklich.

Dann schwieg auch er.

Aber als sie dann schon in den Betten lagen und Doña Laura ihnen gute Nacht gesagt hatte, kroch Gregorio zu Angelito unter die Decke und sagte: »Wenn ich groß bin, geb ich die Hälfte ab von dem, was ich verdiene. Die Hälfte!«

Dann wollte er mehr über die alte Bettlerin auf den Stufen von San Isidro und die kleinen Mädchen an der Ecke der Avenida Treinta de Julio wissen. Angelito erzählte und erzählte, und so kam es, dass Gregorio auch sie kennen lernen wollte.

»Das wird kein gutes Ende nehmen«, seufzte Alicia, als sie davon hörte. Und auch Angelito zögerte. Aber Gregorio drängte, bis er schließlich nachgab.

19

So fuhren sie drei Wochen später wieder in die Stadt, und diesmal hängten sie sich wirklich hinten an die Tram. Wieder hatten sie sich die Gesichter verschmiert und die Haare zerzaust, wieder hatten sie sich neben dem Gärtnerhäuschen im Schmutz gewälzt. Und jeder trug einen Beutel mit Reis und Mehl, Haferflocken und Makkaroni – volle Tüten, die ihnen Alicia auf Gregorios Bitten aus der Küche mitgegeben hatte. Angelito hatte noch zwei Bälle und zwei Quartette mitgenommen, und Gregorio einen Beutel Matchbox-Autos, einen Teddybären und zwei Puzzles.

»Weißt du, was wir zuerst machen?«, rief Gregorio Angelito durch das Geratter zu. »Wir fahren zu Papas Bank und betteln an den Schaltern!«

»Kennen sie dich dort nicht?«, fragte Angelito.

»Papa hat nie erlaubt, dass ich ihn in der Bank besuche«, antwortete Gregorio.

Aber Angelito erinnerte ihn an die vollen Beutel, und außerdem war die Bank am Samstagnachmittag geschlossen.

Sie sprangen an der Station ab, die der Kirche San Isidro am nächsten war. Schon von weitem konnte Angelito die alte Petrona auf den Stufen sitzen sehen, erkannte er das dunkelbraune, zerknitterte Gesicht. Er begann zu laufen, ohne sich um Gregorios ängstliches »Warte doch!« zu kümmern.

»Junge«, rief sie, »gibt's dich wirklich noch? Du warst ja wie vom Erdboden verschluckt! Ich hab Merkwürdiges über dich erzählen hören ...«

»Ich wohne jetzt in Christo Rey, Petrona«, sagte Angelito.

»Mach dich nicht lustig über mich«, sagte Petrona.

»Und das dort ist mein Bruder«, erklärte er und zeigte auf Gregorio, der sich artig verbeugte. Petrona nahm seine Hand und tätschelte sie.

»Nein, was für Wunder immer noch geschehen!«, sagte sie und wackelte mit dem Kopf. »Aber pass auf, Angelito, dass sie nicht bald wieder aufhören. Die dort haben schon manchen von der Straße geholt, und wenn's ihnen passte, haben sie ihn wieder fortgeschickt.«

»Mit Simon, das ist was anderes«, sagte Gregorio.

»Du bist noch jung, Kind«, antwortete sie ihm. »Du hast noch ein gutes Herz.«

Gregorio drückte ihr seinen Beutel in die Hand. »Für dich«, sagte er. Aber dann nahm er ihn ihr noch einmal ab, holte die Spielsachen heraus und reichte ihn zurück. Neugierig rückten die Bettler näher, die auf den Stufen neben Petrona saßen.

»Was für ein Segen!«, rief Petrona, nachdem sie einen Blick in den Beutel geworfen hatte.

»Der kommt, Petrona, weil ich heute Nacht für dich gebetet habe«, sagte die Bettlerin, die ihr am nächsten kauerte.

»Ich auch«, rief eine junge Frau mit zwei kleinen Kindern.

»Ich auch«, krächzte ein Greis, dem beide Beine fehlten.

»Ja, ja«, sagte Petrona, »ihr alle bekommt etwas ab.«

Und sie begann den Inhalt des Beutels in Schüsseln, Töpfe, Dosen, Hüte zu verteilen. Obwohl ihr Teil am Ende immer noch größer war als die Portionen der anderen, fand ihn Gregorio winzig. Sollte Angelito nicht auch noch **seinen** Beutel leeren? Aber der war ja für Tinto und die Schwestern bestimmt.

Da hatte Gregorio eine Idee: Er setzte sich vor die Kirchentür, und als ein paar Damen aus dem Portal traten, sprang er auf, streckte seine Hand aus und rief: »Bitte eine milde Gabe!«

Die Damen klappten ihre Täschchen auf und warfen ihm ein paar Münzen hin. Triumphierend reichte er sie Petrona. »Mach mit, Simon!«, rief er.

Aber da fingen die Bettler an zu murren.

»Schert euch fort!«, rief der Mann ohne Beine. »Hier abzukassieren, das könnte euch so passen!«

»Aber es ist für Petrona«, verteidigte sich Gregorio.

»Hier gibt's eine Ordnung, und die macht ihr kaputt!«, schimpfte die Alte neben Petrona.

Gregorio verstand nicht, was sie meinte. Noch ein paar Blocks von der Kirche entfernt fuchtelte er aufgeregt mit den Händen und redete auf Angelito ein. Aber der hatte seine Gedanken nur noch bei Tinto. Nein, zum Parkplatz des Supermercado Olímpico traute er sich nicht. Dort waren auch Pepe und die anderen. Er führte Gregorio zu dem Kanalrohr, in dem er so oft zusammen mit Tinto geschlafen hatte.

Aber das Rohr war leer. Angelito legte seine zwei Bälle und die beiden Quartette hinein, zog eine alte, aufgeweichte Pappschachtel aus einem Schutthaufen zwischen dem

Gebüsch, trat sie flach und legte den feuchten Karton über das Spielzeug, so, dass man es nicht sehen konnte.

»Was soll er mit **zwei** Bällen und **zwei** Quartetten?«, fragte Gregorio verwundert. »Er kann doch immer nur mit einem ...«

»Er wird sie verkaufen«, unterbrach ihn Angelito. »Und mit dem Geld, das er dafür bekommt, wird er sich ein paar Tage lang satt essen können.«

Da schwieg Gregorio. Stumm stolperte er neben Angelito her, als er weiterging.

»Und warum hast du die Sachen gerade in dieses Rohr gelegt?«, fragte er eine Weile später. »Warum sollte Tinto ausgerechnet da hineinschauen?«

»Er schläft da drin«, erklärte ihm Angelito.

»In dem Rohr?«

»Da hab auch ich meistens geschlafen«, sagte Angelito.

»Da drin«, sagte Gregorio und schüttelte sich.

Sie näherten sich dem Trödelmarkt. Aber Angelito machte einen Bogen um die Stände. Bei Marisol wollte er sich mit Gregorio nicht sehen lassen. Vielleicht würde sie nicht gleich begreifen, wer Gregorio war, und wieder von dem Tor anfangen. Er lotste Gregorio am Fluss entlang hinüber zur Avenida Treinta de Julio. Gregorio stöhnte. Er lief sonst nie so weite Strecken.

»Mach doch langsam«, jammerte er. »Mir tun schon die Füße weh!«

Da erspähte Angelito die Mädchen und winkte ihnen aufgeregt zu. Sie starrten ihm verwundert entgegen. Erst als er ganz nahe war, erkannten sie ihn. Sie umarmten ihn, und als er ihnen Gregorio vorstellte, umarmten sie auch ihn.

Mit offenem Mund hörten sie Angelito zu. Aber Gregorio unterbrach ihn, übernahm es selbst, zu schildern, wie gut es Angelito in Christo Rey hatte.

»Der Mutter?«, sagten die Mädchen, als Angelito endlich wieder zu Wort kam. »Der geht's nicht gut …«

Die Mädchen freuten sich über den vollen Beutel. »Das gibt eine ganze Woche lang Festessen!«, rief Yolanda, die einen halben Kopf kleiner als Angelito war. »Wollt ihr nicht mitessen? Mama hat bestimmt nichts dagegen.«

Catalina, noch magerer und kleiner als ihre Schwester, nickte eifrig. Aber beide Jungen schüttelten den Kopf. Morgen? Nein. Morgen war es ausgeschlossen. Gregorio gab ihnen noch das restliche Spielzeug. Zum Dank hielt Yolanda den Jungen ihren Korb hin, und Gregorio fand, dass das Quittenmark der Schwestern so wunderbar schmeckte.

»Warum verkauft ihr das nicht auch bei uns in Christo Rey?«, fragte er.

Sie schüttelten die Köpfe. Sie würden schon gern, aber dort ließe man sie ja nicht.

»Die Polizei«, erklärte Yolanda.

Plötzlich tauchten noch zwei Gesichter in ihrem Kreis auf. Das eine war zur Hälfte eine einzige, hässliche Narbe.

Gregorio fuhr erschrocken zurück. Die Mädchen liefen weg.

»Felipe«, sagte Angelito beklommen.

Der andere war Pepe.

»Komm«, sagte Gregorio, der nichts begriff, aber spürte, dass die Zeichen auf Gefahr standen. »Komm, gehen wir.«

»Gleich«, sagte Pepe. »Gleich könnt ihr gehen. Wir wollen

nur auch unsere Geschenke haben. Ihr habt doch Geschenke für uns? Wisst ihr, wir haben hungrige Leute daheim, die wir gern satt sehen würden. Und selber sind wir natürlich auch hungrig. Stimmt's, Felipe? Wir sind euch die ganze Zeit nachgeschlichen, vom Trödelmarkt aus. Das strengt an. Das macht Hunger. Hab ich Recht, Felipe?«

Felipe grinste und nickte.

»Wir haben nichts mehr«, sagte Angelito und wich zurück. Er wusste, dass Pepe stärker war als er. Und Gregorio konnte nicht kämpfen. Sie hatten keine Chance.

»Wir haben alles schon verteilt«, rief Gregorio. »Schade – ihr seid zu spät gekommen. Aber das nächste Mal seid **ihr** dran, ganz bestimmt!«

»Was krähst du da, Fettmoppel?«, sagte Pepe und näherte sich Gregorio. »Wir sollen warten bis zum nächsten Mal? Und wer sagt, dass wir bis dahin nicht verhungert sind?«

»Wir haben kein so dickes Polster für die mageren Tage wie du«, sagte Felipe und grinste.

»Sieh mal«, sagte Pepe und zeigte auf Felipe, »der junge Mann da hat eine kranke Mutter und zwei kleine Schwestern daheim. Er muss sehen, dass sie ihm nicht verrecken.«

»Und der da«, Felipe zeigt auf Pepe, »hat einen Vater daheim, der ist so kaputt, dass er nicht mal mehr prügeln kann. Nicht mal mehr saufen kann der! Nur noch sterben. Und dazu lässt er sich Zeit. Du verstehst doch bestimmt, dass Pepe sich um ihn kümmern muss? Und um die Leute in seiner Bande! Das verstehst du doch auch, nicht wahr, Fettmoppel? Angelito hat jedenfalls immer was abbekom-

men von uns, wenn er nichts zu essen hatte. Er hat nämlich
mal dazugehört, zu uns, früher.« Er wandte sich an Angelito. »So war es doch – oder etwa nicht?«

Angelito nickte.

»Na, seht ihr«, sagte Pepe. »Es wäre also nur gerecht,
wenn ihr auch uns beschenken würdet. Aber ihr habt leider keine Geschenke für uns, sagt ihr. Und hier gibt es
leider auch kein Tor, das ihr uns vor der Nase zuschlagen
könnt, und keinen Gärtner mit dem Wasserschlauch!«

Während Pepe über ihn herfiel, sah Angelito noch, dass
Gregorio fortzulaufen versuchte. Aber Felipe hatte ihn
schnell eingeholt.

»Wehr dich nicht!«, rief ihm Angelito zu. »Es hat keinen
Zweck!«

Gregorio hörte es nicht. Er hielt schützend die Arme vors
Gesicht und schrie: »Ich sag's meinem Vater!«

Damit machte er nur alles noch schlimmer.

»Ja, erzähl's ihm nur, Fettmoppel«, lachte Felipe und zog
ihm das T-Shirt über den Kopf. Dabei war Gregorios Brille
im Weg, und Felipe zerrte ihn im Kreis herum, bis er das
Hemd endlich hatte. Es war ein lächerliches Schauspiel.

»Erzähl ihm von den bösen Buben, die keinen Respekt vor
seinem fetten Söhnchen haben!«, höhnte Felipe.

»Nicht die Uhr!«, kreischte Gregorio.

»Aber Papa kauft dir bestimmt eine neue«, sagte Felipe mit
süßer Stimme. »Er ist ja so gut und so reich. Wir könnten
dich zehnmal abräumen, und er würde dir zehnmal eine
neue kaufen!«

»Das Kettchen kannst du behalten«, sagte Pepe zu Angelito. »Das ist nichts wert.«

Gregorio weinte.

»Gebt ihm die Brille zurück«, bat Angelito. »Marisol gibt euch sowieso nicht viel dafür. Kein Mensch braucht so dicke Gläser.«

Felipe setzte Gregorio die Brille verkehrt herum auf die Nase und sagte: »Siehst du, Moppel, wir sind gar nicht so …«

20

Barfuß, nur in ihren Hosen, kamen sie heim. Bestürzt nahmen Raúl, Alicia und Olga sie in Empfang. Gott sei Dank, die Eltern waren noch nicht da. Es blieb noch Zeit, sich eine glaubhafte Erklärung auszudenken, bei der niemand zu Schaden kam. Sie riefen Luis ans Tor und berieten mit ihm zusammen, bis die Story stand. Sie war nach allen Seiten hin durchdacht: Drei Banditen waren über den Zaun geklettert und hatten Raúl und die Kinder überfallen. Zwei bewaffnete Komplizen hatten Luis in Schach gehalten. Von hinten hatten sie ihn angesprungen – ganz harmlos aussehende Männer. Am helllichten Tag! Aber er hatte sie nicht ungestraft ziehen lassen, oh nein, Señor! Dem einen hatte er die Nase blutig geschlagen, dem anderen ein blaues Auge verpasst. Das würde man sehen, wenn man sie einfinge. Ja, mit der blutigen Nase und dem blauen Auge würden sie sich verraten, die Banditen!

Nur der Hund – sollte man ihn gebellt haben lassen oder nicht?

Der Überfall sollte in der Frühnachmittagszeit stattgefunden haben, als die Straßen fast menschenleer waren und die Villenbewohner Siesta hielten. Aber das wütende Gebell eines ausgewachsenen Schäferhundes war auch dann nicht zu überhören, wenigstens nicht vom Personal. Nein, Blacky durfte nicht gebellt haben, aus was für einem Grund auch immer. Er riskierte ja am wenigsten. Er verlor weder seinen Arbeitsplatz noch seinen Fressnapf. Er würde höchstens weiterverkauft werden. Er hatte im Wohnzimmer geschlafen, ohne sich zu rühren, während Raúl und die Kinder im Garten ausgeraubt wurden.

»Ich ausgeraubt?«, meinte Raúl. »Das geht nicht. Ich hab ja nichts.«

Den Kindern wurde die Geschichte eingetrichtert. Sie mussten sie immer wieder erzählen, mussten auf Fragen die richtigen Antworten geben. Es dauerte lange, bevor Alicia und Olga zufrieden waren. Raúl sorgte für die Spuren im Rasen, Luis kratzte sich mit einem Nagel die Backe auf und rief die Polizei. Die tat sich bereits im Garten um und fragte die Kinder aus, als Doña Laura und Don Fernando endlich kamen, alarmiert durch einen aufgeregten Anruf von Alicia.

Doña Laura schloss Gregorio weinend in die Arme: »Gott Lob und Dank! Dir ist nichts geschehen!«

Aber Don Fernando war erbost: Warum hatte man ihn erst so lange nach dem Vorfall gerufen?

Alicia war auf diese Frage gefasst und hatte eine glaubhafte Antwort bereit: Die Kinder hätten einen Schock gehabt, da hätte man sich erst um sie gekümmert. Denn die Kinder seien ja doch das Wichtigste, oder? Die Räuber seien sowieso schon über alle Berge gewesen.

Dagegen konnte Don Fernando nun nicht viel sagen. Schließlich bekamen sogar alle noch ein Lob und ein Geldgeschenk. Nur Blacky, der Ahnungslose, wurde ausgeschimpft, und schon am nächsten Tag war er verschwunden.

Noch eine ganze Woche lang trug Luis seine Wunde an der Backe voller Stolz zur Schau und schilderte allen Dienstmädchen in der Nachbarschaft und sogar einem Reporter den Kampf mit den Banditen, in dem er sich von Mal zu Mal eine immer bessere Rolle spielen ließ.

»Sie haben mir sogar die Brille weggenommen«, erzählte Gregorio. »Aber Angelito hat ihnen gesagt, sie sollen sie mir zurückgeben, weil sie ja nichts dafür bekämen bei so dicken Gläsern. Da haben sie sie mir wieder auf die Nase gesetzt.«

Doña Laura drückte auch Angelito an sich, und Don Fernando lobte ihn.

»Dein Kettchen haben sie dir gelassen«, meinte Doña Laura verwundert. »Es müssen Professionelle gewesen sein.«

Don Fernando warf einen Blick auf das Kettchen und fing an zu lachen. »Ich glaube, das sieht sogar unsere gute Alicia, dass das nichts wert ist«, rief er. »Nicht wahr?«

Alicia wurde rot und blieb stumm. Da sagte Angelito: »Ich trag's trotzdem gern. Und ich bin froh, dass ich's noch hab.«

An einem der nächsten Tage kaufte Don Fernando den beiden eine neue Uhr. Es war für beide die gleiche, und ihre Initialen waren eingraviert. Aber weit aufregender war der neue Hund, den Don Fernando mit heimbrachte: ein junger Schäferhund, so scharf, dass er niemanden an sich heranließ und während der ersten Tage angekettet werden musste. Immer wieder kauerte sich Raúl in einiger Entfernung vor ihm hin und sprach mit ihm, um ihn an sich zu gewöhnen. Doña Laura meinte, das sei kein Hund, sondern ein Wolf. »Tarzan« nannte ihn Don Fernando. Er bekam jeden Tag Fleisch, und zwar vom besten.

Der Überfall sprach sich herum. In der Schule drängten sich alle um Gregorio und Angelito und wollten alles ganz genau wissen. Angelito ließ Gregorio reden.

In Christo Rey änderte sich viel: Zusätzliche Wachmänner wurden eingestellt, die Polizei des Viertels wurde verstärkt, noch mehr Alarmanlagen wurden installiert und noch mehr scharfe Hunde angeschafft. Eine Zeit lang wagten viele Eltern nicht mehr, abends ihre Kinder allein daheim zu lassen. Und an allen Litfaßsäulen hingen Fahndungsplakate. Für das Ergreifen der Banditen war eine Belohnung ausgesetzt worden.

»Das ist noch einmal gut gegangen«, sagte Alicia zu den beiden Jungen, als sie mit ihnen allein war. »Aber noch so eine Geschichte nehmen sie uns nicht mehr ab. Und Olga, Raúl und Luis und ich, wir haben auch keine Lust, noch einmal die Köpfe für euch hinzuhalten. Das nächste Mal seht selber, wie ihr aus dem Schlamassel kommt!«

Die Jungen senkten schuldbewusst die Köpfe. Nein, sie wollten keine Ausflüge in die Stadt mehr unternehmen. Die Lust dazu war ihnen gründlich vergangen. Gregorio schreckte nachts immer noch aus dem Schlaf.

Wenn sie zusammen im Baumhaus saßen und niemand im Garten zu sehen war, da wagten sie, im Flüsterton über das zu sprechen, was **wirklich** geschehen war. Dann schwor Gregorio »dem Pack« Rache. Er meinte Pepe und Felipe. Aber er sprach so, als handle es sich um ein Heer von Banditen.

Angelito schwieg dazu. Ihm war klar, dass er genauso gehandelt hätte, wenn er an ihrer Stelle gewesen wäre.

»Armer Juan Ohnehand«, sagte Gregorio. »Arme Petrona, arme Catalina und Yolanda. Sie sind nicht so. Eines Tages hol ich sie hierher. Dann geb ich ihnen zu essen, bis sie keinen Bissen mehr runterkriegen. Sie sollen einen so schönen Tag haben, dass sie ihr Leben lang daran denken werden.«

»Du hast Tinto vergessen«, sagte Angelito.

»Der das Baumhaus mitgebaut hat?«

Angelito nickte. Gregorio runzelte die Stirn.

»Das überleg ich mir noch«, sagte er.

»Und was werden deine Eltern dazu sagen?«, fragte Angelito.

Gregorio schob die Unterlippe vor und zuckte mit den Achseln.

21

Am Abend des ersten Weihnachtsfeiertages hörte Angelito **einen leisen Pfiff.** Es war das dritte Weihnachtsfest, das er bei den Zambranos verlebte.

Die Zambranos hatten Besuch. Drei Familien saßen um die Tafel unter den Bäumen, und natürlich war Pater Cosme auch dabei. Raúl bediente den Grill, Alicia und Olga servierten.

Es war schon dunkel: eine mondlose, aber sternklare, laue Nacht nach einem sehr heißen Tag. Neben der Tafel funkelte ein festlich geschmückter, künstlicher Weihnachtsbaum. Girlanden von bunten Glühbirnen erleuchteten den Platz unter den Bäumen. Kindergezänk, Gläsergeklirr und Besteckgeklapper, dazu Gelächter und Gespräche rund um die Tafel verschmolzen zu einem Lärm, der weit in die Nachbargärten hallte. Von dort wogten Weihnachtsweisen zurück, immer wieder dieselben, wie im Kaufhaus.

Durch all die Geräusche hindurch hörte Angelito den Pfiff. Er hob den Kopf und hörte auf zu kauen. Alte Erinnerungen erwachten in ihm: das Kanalrohr und die kühlen Regennächte, in denen er und Tinto sich aneinander gewärmt hatten, der Streit um das Rohr, wenn andere gekommen waren, die Angst vor den Geräuschen der Finsternis, die ewige Angst vor den Razzien der Polizei. Und dann der tröstliche Pfiff: »Die Luft ist rein – keine Gefahr!«

Der Pfiff kam vom Tor her. Die Silhouette des Tors war im Licht der Straßenlaterne deutlich zu erkennen. Nein, dort war niemand. Aber die Mülltonnen warfen Schatten. Angelito starrte hinüber. Noch einmal der Pfiff! Fast unhörbar. Denn niemand außer ihm schien ihn vernommen zu haben.

Unauffällig erhob sich Angelito, nahm einen Teller, auf dem sich abgenagte Knochen häuften, und schlenderte zu den Tonnen hinüber.

»Wohin gehst du, Simon?«, rief ihm Doña Laura nach.

»Ich werf nur die Knochen in die Tonne«, rief er über die Schulter zurück.

Sie wandte sich wieder den Gästen zu. Er aber öffnete das Tor und trat zu den Tonnen. Er konnte niemanden sehen.

»Bist du's, Tinto?«, fragte er leise.

»Wer sonst?«, fragte Tinto ebenso leise zurück.

Die vertraute Stimme kam aus der Dunkelheit zwischen den Tonnen.

»Bist du allein?«, fragte Angelito und musterte die Umrisse der Tonnen.

»Ja«, flüsterte Tinto. »Weihnachten, hab ich gedacht, da gehst du mal raus nach Christo Rey, vielleicht erinnert er sich noch.«

»Ich hab oft an dich gedacht«, sagte Angelito.

»Simon!«, rief Gregorio. »Bist du dort eingeschlafen?«

»Ich komme!«, rief Angelito und klappte einen Tonnendeckel auf und zu.

»Ich hab Hunger«, flüsterte Tinto.

»Wenn ich dir jetzt was hole, merken sie's«, flüsterte Angelito zurück. »Komm wieder und läute, dann bringt dir das Mädchen was ans Tor.«

»Und auf dem Teller, was ist das?« fragte Tinto hastig.

»Nur Knochen«, flüsterte Angelito. »Damit ich einen Grund hatte, zu den Tonnen zu gehen.«

»Gib sie her«, flüsterte Tinto und streckte seine Hände aus.

»Simon!«, schallte Don Fernandos energische Stimme durch den Garten. »Komm her – du sollst ein Gedicht aufsagen!«

Rasch kippte Angelito den Teller in Tintos Hände.

»Hast du die Bälle und die Karten nicht gefunden?«, fragte er.

Tinto hatte den Mund voll und konnte nur den Kopf schütteln.

Angelito schaute zur Tafel hinüber.

»Ich werd Taschendieb, wie Paprika«, flüsterte Tinto. »Ich stell mich gar nicht so ungeschickt an, sagen sie.«

»Pass bloß auf«, sagte Angelito erschrocken.

»Und Euclides hat jetzt einen Stuhl. Mit Armlehnen. Seitdem hat er viel mehr Kundschaft. Ein Gelegenheitskauf, sagt er ...«

»Grüß ihn von mir.«

»Wo bleibst du denn, Simon!«, rief Don Fernando ärgerlich.

»Die Tonnen sind so voll, der Deckel geht nicht zu!«, rief Angelito hinüber. Und zu Tinto gewandt, flüsterte er: »Erinnerst du dich noch an unser Versteck in der Ziegelmauer? Hinter dem lockeren Ziegel?«

Tinto nickte.

»Seit wann ist es **deine** Sache, den Abfall wegzuschaffen!«, rief Don Fernando. »Überlass das den Mädchen!«

»Schau ab und zu hinter den Ziegel«, flüsterte Angelito. »Wenn's was mitzuteilen gibt, schreib ich dir einen Zettel.«

»Du kannst schreiben?«, flüsterte Tinto.

»Du wirst schon jemand finden, der ihn dir vorliest«, flüsterte Angelito. »Tschau.«

Dann rannte er zu der Tafel zurück.

»Er hat ein unglaubliches Gedächtnis«, hörte er Don Fernando zu den Gästen sagen. »Dreimal liest er ein Gedicht durch, und schon hat er's im Kopf.«

»Kannst du ein Weihnachtsgedicht?«, fragte Doña Laura.

Nein, Angelito konnte kein Weihnachtsgedicht, außer ein ganz kindisches aus dem dritten Schuljahr.

»Aber ich weiß eins, das vielleicht auch passt«, sagte er und begann es aufzusagen. Er gab sich Mühe, so laut zu sprechen, dass auch Tinto zwischen den Tonnen es verstehen musste. Es handelte von einem König, der einmal reich und mächtig gewesen war, nun aber, ins Elend geraten, betteln musste. Als er geendet hatte, applaudierten die Gäste und lobten ihn. Nur Don Fernando war nicht zufrieden. Ihm gefielen solche Bettlergeschichten nicht.

Später, als die Gäste schon gegangen waren, schlich Angelito noch einmal zu den Mülltonnen – mit einer Lammkeule, die in einer Schüssel liegen geblieben war. Aber auf seinen Pfiff, den er nur ganz leise aus den Lippen ließ, antwortete niemand mehr.

Gregorio erfuhr von all dem nichts.

22

Doña Laura lobte **Alicia und Olga bei jeder Gelegenheit:** auf Kaffeekränzchen und im Golfklub, auf Partys und vor allem, wenn sie selber Gäste einlud. Zu Don Fernando hatte Angelito sie sagen hören: »Du glaubst nicht, wie froh ich bin, dass diese Sucherei ein Ende hat. Dass Alicia Gold wert ist, wusste ich ja immer. Aber diese Olga steht ihr kaum nach. Erstaunlich, so jung wie sie ist!«

Deshalb, nur deshalb ließ sie sich nach Beginn des neuen Schuljahres von Don Fernando überreden, ihn auf einer

Geschäftsreise nach Buenos Aires und Montevideo zu begleiten und die Kinder für acht Tage in der Obhut der Mädchen und des Gärtners zu lassen.

»Ihr seid jetzt zwölf Jahre alt«, sagte Don Fernando zu den beiden Jungen. »Da kann man von euch erwarten, dass ihr acht Tage lang vernünftig seid.«

Ja, Alicia und Olga trauten sich zu, mit Raúls, Luis' und Pablos Hilfe Haus und Kinder gut zu hüten. Seitdem fast doppelt so viele Polizisten in Christo Rey patrouillierten, hatte kein Überfall mehr stattgefunden, und wenn wirklich etwas Unvorhergesehenes passieren sollte, würden sofort Freunde zu Hilfe kommen. Im Übrigen war ja auch Tarzan da, der schon bei den geringsten verdächtigen Geräuschen bellte, vor allem nachts. Don Fernando heftete eine ganze Reihe von Telefonnummern an die Pinnwand in der Küche, für alle Fälle, und gab den Mädchen Anweisungen.

Einen Tag vor der Reise starb Alicias Vater. Alicia bat um Urlaub. Den konnte ihr Doña Laura nicht verweigern. Was nun? Doña Laura war außer sich. Sie hatte sich so auf die Reise gefreut!

»Trauen Sie mir nicht zu, dass ich die Kinder und das Haus allein versorgen kann?«, fragte Olga. »Ich weiß doch, wie hier alles läuft. Und es sind ja nur acht Tage.«

Doña Laura zögerte, aber Don Fernando redete ihr zu. Sie willigte ein, als Pater Cosme versprach, jeden zweiten Tag nach dem Rechten zu schauen.

Schon am Abend, bevor die beiden abflogen, hatten die Jungen viel miteinander zu flüstern. Sie waren dazu ins

Baumhaus geklettert und hatten sich vergewissert, dass Raúl nicht in der Nähe war.

»Hast du gleich an Juan Ohnehand gedacht?«, fragte Gregorio.

Angelito nickte. Aber in Wahrheit hatte er zuerst an Tinto gedacht.

»Und an die Schwestern und an Petrona?«, fragte Gregorio.

»Und an die Mutter von Catalina und Yolanda«, sagte Angelito, »und an Tinto.«

»Tinto?«, fuhr Gregorio auf. »Den nicht. Dann spielst du die ganze Zeit nur mit dem.«

»Ohne Tinto mach ich nicht mit«, sagte Angelito.

So kannte Gregorio Angelito nicht.

»Also gut«, maulte er. »Wenn's sein muss.«

»Und Euclides vom Distriktgericht«, sagte Angelito. »Der Schuhputzer. Aber vielleicht kommt der gar nicht.«

Sie hingen eine Weile ihren Gedanken nach, dann sagte Gregorio: »Wir lassen uns nicht lumpen. Wir feiern ein Fest mit ihnen, ein ganz unvergessliches Fest – mit Grillrost und langer Tafel und allem, was dazugehört!«

Angelito fand den Vorschlag wunderbar. Aber er hatte Bedenken. Ohne Olgas Hilfe ließ sich so ein Fest nicht ausrichten. Ob sie mitmachte?

»Das werden wir bald wissen«, meinte Gregorio siegessicher.

Am nächsten Tag holte Raúl die Jungen von der Schule ab.

»Du, Raúl?«, rief Gregorio erstaunt.

»Sicher ist sicher«, sagte er und grinste.

Er konnte kaum Schritt halten, so eilig hatten es die beiden, heimzukommen.

»Olga«, rief Gregorio, kaum dass er das Haus erreicht hatte, »was hältst du von einem Festessen für unsere Freunde?«

Olga erschrak. »Ein Fest?«, fragte sie. »Ich bin hier nicht die Köchin. Und ich hab nicht den Schlüssel für den Schrank, in dem die Tischwäsche eingeschlossen ist.«

»Wir brauchen keine Tischwäsche«, sagte Gregorio.

»Keine Tischwäsche?«, wunderte sich Olga. »Aber was werden die Gäste dazu sagen? Hier hat es bestimmt noch nie ein Essen ohne Tischwäsche gegeben.«

»Die Gäste, die wir einladen, sind Tischwäsche gar nicht gewöhnt«, erklärte Gregorio und erzählte Olga von ihrem Plan.

Sie zeigte sich im ersten Augenblick nicht so begeistert davon, wie er es erwartet hatte. »Hm«, sagte sie und dachte nach. Dann fügte sie hinzu: »Ich glaube nicht, dass eure Eltern das erlauben würden.«

»Sie erlauben alles«, sagte Gregorio, »wenn ich ihnen nur lange genug in den Ohren liege.«

»Wenn du meinst …«, sagte Olga unsicher. Und dann holte sie tief Luft und sagte entschlossen: »Darf ich auch **meine** Leute dazu einladen? Sie würden sich mit euren bestimmt gut verstehen.« Davon waren die Jungen überzeugt. »Aber klar, Olga!« Und umso festlicher würde es zugehen.

»Ich wollte ihnen schon immer mal zeigen, in was für einem vornehmen Haus ich arbeite«, sagte Olga und kehrte hochgestimmt an den Herd zurück.

Auch Raúl wurde ins Vertrauen gezogen. Aber er schüttelte den Kopf. »Don Fernando und Doña Laura wäre es nicht recht«, meinte er, »auch wenn es **dein** Wunsch ist, Gregorio.«

Die anderen bemühten sich, seine Bedenken zu zerstreuen. »Es sind ja keine Fremden«, sagte Gregorio. »Für jeden, der kommt, können wir die Hand ins Feuer legen.«

Raúl nickte. Aber überzeugt war er nicht. Er machte zur Bedingung, dass Luis dabei sein müsse. Darauf müsse man hinweisen können, wenn es Ärger geben sollte.

»Lad du doch deine Frau und deine Kinder auch mit ein«, sagte Olga.

Ja, das wollte Raúl sich überlegen. Schön wäre das schon, gewiss – doch plötzlich kam ihm wieder ein düsterer Gedanke. »Und wer bezahlt das alles?«, fragte er.

Aber Olga wusste Rat: »Es gibt Fisch. Den bringen meine Leute mit.«

Gregorio und Angelito wollten ihre Sparbüchsen ausleeren, und für Gemüse und Yucca sollten Raúls Frau und Tochter sorgen. Auch mit dem Brot würde es keine Schwierigkeiten geben, denn Raúls beide Söhne arbeiteten in einer Großbäckerei als Austräger.

»Dann müsst ihr mit eurem Geld nur die Getränke bezahlen«, sagte Olga zu den Jungen.

»Und die Holzkohlen für den Grill«, fügte Raúl hinzu.

Sie einigten sich auf den Sonntagnachmittag. Es sollte alles wunderbar werden! Und Doña Laura und Don Fernando würden nie davon erfahren.

Bis zum Sonntag fehlten noch sechs Tage, genug Zeit, um alle, die kommen sollten, einzuladen.

»Aber dass ihr mir nicht wieder in die Stadt geht!«, sagte Olga erschrocken.

Nach langen Beratungen erklärte sich Raúl bereit, den Freunden in der Stadt die Einladungen zu überbringen.

»Sag ihnen, **Angelito** lädt sie ein!«, rief ihm Angelito nach. »So nennen sie mich!«

»**Gregorio** und Angelito!«, schrie Gregorio, dass es durch die Sackgasse hallte.

Raúl brauchte lange. Sehnsüchtig erwarteten ihn die Jungen am Tor. Schon von weitem lasen sie aus seinem Gesicht, dass er sehr zufrieden war.

Sie wollten alles ganz genau wissen. Und auch Olga kam aus dem Haus gelaufen und rief: »Wie war's? Was hast du ausgerichtet?«

Aber er erzählte nicht mehr als unbedingt nötig. So war er nun mal. Ja, er habe seine beiden Söhne getroffen. Sie kämen gern. Jeder würde einen Arm voll Weißbrotstangen mitbringen, allerdings nicht mehr ganz frisch. Vom Vortag. Die seien um die Hälfte billiger. Und sie würden mit dem Bäckerauto, das jeden Tag ins Gebirge hinauffahre, Olgas Leute und seine Frau und seine Tochter benachrichtigen. Dann könne seine Frau die Yucca und das Gemüse vielleicht schon am Samstag, am Markttag, hier abgeben.

»Und die anderen?«, fragten Gregorio und Angelito gleichzeitig.

Er werde natürlich kommen, habe der Mann mit den Stümpfen auf der Plaza San Martin gesagt.

»Und hat er sich gefreut?«, fragte Gregorio.

»Geweint hat er vor Freude«, antwortete Raúl.

Ja, er habe auch die Ziegelmauer hinter dem Kanalrohr gefunden und den losen Stein. Er habe das Papierchen dahinter geschoben. Und er habe die alte Frau auf den Stufen der Kirche von San Isidro angetroffen. Es hätten zwar mehrere alte Bettlerinnen dort gesessen, aber zum Glück habe nur eine von ihnen Petrona geheißen, und sie habe auch sofort erraten, von wem die Einladung kam.

»Von mir, nicht wahr?«, rief Gregorio.

Raúl sah ihn an und sagte: »Sie nannte euch beide.«

Auch die beiden Quittenverkäuferinnen hätten an ihrem Platz gestanden, an der Ecke der Avenida Treinta de Julio. Sie hätten sich erst vor ihm gefürchtet, aber dann, als er Angelitos Namen genannt habe, hätten sie ihn angelächelt. Ihre Mutter komme auch.

Den Schuhputzer vor dem Distriktgericht habe er nicht gleich getroffen. An eine Säule sei ein Stuhl gebunden gewesen, darüber habe ein Pappschild gehangen:

VORÜBERGEHEND GESCHLOSSEN

Aber es habe sich gelohnt, sich auf den Stuhl zu setzen und eine Weile zu warten. Denn bald sei Euclides erschienen und habe ihn sehr erstaunt angesehen, als er seine Einladung ausgerichtet habe. Und dann habe er ihn ausgefragt. Nein, zugesagt habe er nicht direkt. Er werde es sich noch überlegen.Sie rechneten die zu erwartenden Gäste zusammen: sieben für Angelito und Gregorio, wenn Tinto und Euclides kämen. Vier für Raúl.

»Von mir sind's elf«, sagte Olga verlegen, »wenn ich meinen Bruder nicht mitzähle, der bei den Soldaten ist, und meine Großeltern, die zu alt sind für den weiten Weg, und meine Tante, die bei den Großeltern daheimbleiben muss. Elf Erwachsene: der Vater, ein Bruder, sechs Schwestern, drei Schwäger. Und dazu noch zwölf Kinder, aber die meisten sind noch klein ...«

»Mit Luis und uns sind das neununddreißig«, sagte Raúl beklommen.

»Ich weiß«, sagte Olga. »Aber wie soll ich's machen? Ich kann doch nicht zur einen Hälfte sagen: ihr nicht! Und die Kinder, die freuen sich doch auf so was am allermeisten ...«

»Nein, nein, du musst schon alle einladen«, sagte Raúl und klopfte ihr auf die Schulter. »Du hast ja auch die meiste Arbeit damit. Wir werden's schon irgendwie schaffen. Meine Frau wird dir in der Küche helfen. Und die Jungen müssen eben auch fest zupacken ...«

Ja, das wollten sie: Angelito und Gregorio nickten eifrig.

Wie versprochen, kam Pater Cosme jeden zweiten Tag vorbei, aß mit den Jungen zu Mittag oder trank ein Tässchen Kaffee und ließ sich von den Geschehnissen des Tages berichten. Das Fest erwähnten weder die Jungen noch die Dienstboten. Als er, wie erwartet, auch am Samstag kam, atmeten alle auf. Nun würde er am Sonntag nicht schon wieder erscheinen. Und bis zum Montag würden die Spuren des Festes beseitigt sein.

Gemeinsam schleppten die Jungen am Sonntagvormittag die Klappstühle und -tische aus der Garage unter die

Bäume und stellten sie dort auf. Und sie erboten sich, nach dem Fest allen Abfall rings um die Tafel aufzusammeln.

»Papa wird keine einzige Gräte auf dem Rasen finden, wenn er wiederkommt«, tönte Gregorio.

23

Am Sonntagvormittag fiel der **Garten** der Zambranos schon von weitem **ins Auge**. Angelito und Gregorio hatten in der Garage noch einen ganzen Karton voll Luftballons von früheren Festen gefunden. Damit hatten sie nicht nur die unteren Äste der Bäume, sondern auch die Spitzen des Gittertors geschmückt. In den Zaun hatte Olga bunte Bänder geflochten, denn das Geld aus den Sparbüchsen hatte auch noch für ein paar Rollen bunten Krepppapiers gereicht. Und Gregorio hatte auf einen Bogen aus seinem Zeichenblock **WILLKOMMEN** gemalt und ihn ans Tor gehängt.

»Wer kann das schon lesen?«, hatte Angelito gemeint, aber Gregorio hatte geantwortet: »Jeder weiß doch, was damit gemeint ist.«

»Und wohin mit Tarzan?«, fragte Olga. »Wenn wir ihn im Garten anbinden, verstehen wir unser eigenes Wort nicht, so einen Radau wird er machen. Und die Nachbarn kämen auf die Idee, hier gäb's wieder einen Überfall. Wohin also mit ihm?«

Angelito bot sich sofort an, ihn in sein eigenes Zimmer zu sperren, aber Olga widersprach: Das würde Doña Laura riechen, auch wenn ein paar Tage dazwischen lägen. Schließlich zerrte sie ihn in ihre Kammer und ließ den

Rollladen herunter. Der Hund heulte jammervoll. Erst als Angelito zu ihm hineinging, seinen Arm um ihn legte, sich von ihm übers Gesicht lecken ließ und ihn tröstete, beruhigte er sich und blieb still, auch als Angelito ihn wieder verließ.

Es kam sogar noch ein Gast mehr: Luis brachte seine kleine Tochter mit. Schon um sieben, als sein Dienst begann, gab er sie bei Olga ab. Fünf Jahre war sie alt. Als sie ihm ängstlich nachschaute, kam er noch einmal zurück und beruhigte sie. »Geh in den Garten«, sagte er. »In einem so schönen Garten wirst du vielleicht dein Leben lang nicht mehr sein. Ab und zu werde ich draußen vorübergehen und dir winken.«
Auch Raúls Frau und Tochter kamen schon am Vormittag. Sie banden sich Schürzen um und begannen vor Raúls Häuschen Berge von Gemüse zu waschen, zu putzen und zu schneiden: Tomaten, Endivien und Aguacate. Sie weigerten sich, die Küche zu betreten. Das sei der Señora vielleicht nicht recht.
Kurz nach Mittag erschien dann Olgas ganze große Familie. Sie hatte allein fast einen Bus gefüllt. Olga führte sie stolz durch das ganze Haus, während sich Tarzan in der Kammer wie rasend gebärdete. Die staunende Verwandtschaft lauschte andächtig Olgas Erklärungen. Man ging auf Zehenspitzen, vermied, irgendetwas zu berühren und hielt die Kinder fest.
»Wer hätte das gedacht«, flüsterte eine der Schwestern, »dass Olga es einmal so weit bringen würde …«

Trotz aller Achtsamkeit geschah dann doch ein Malheur: Eine kleine Nichte, herausgeputzt mit einer mächtigen Schleife im Haar, stieß einen kleinen Schwan aus Porzellan von einem Couchtisch, und der Hals brach ab. Olga hielt vor Schreck den Atem an. Aber ihr Vater, geschmückt mit der Mütze aus seiner Motorbootzeit, klebte mit Gregorios Alleskleber die Bruchstellen aneinander, und siehe da: Die Naht war kaum zu erkennen.

»Wenn du Glück hast«, meinte der Vater, »kommt deine Señora erst in ein paar Jahren drauf.«

Da war Olga getröstet. Ja, ihre Familie wusste immer Rat. Sie hielt zusammen, und man konnte sich auf sie verlassen. Dass eine von Olgas Schwestern plötzlich Doña Lauras elegante weiße Stöckelschuhe an den Füßen hatte und mit ihnen aus dem Haus trippelte – du lieber Gott, wer konnte es ihr verdenken? Sie würde sich nie im Leben solche Schuhe leisten können!

Nach der Besichtigung gingen die Männer hinaus unter die Bäume und kümmerten sich zusammen mit Raúl um die Fische, die sie schon ausgenommen und fix und fertig geputzt mitgebracht hatten. Die Kinder tobten um die Terrasse und um den Swimmingpool. Sie machten so viel Lärm, dass sie das Hundegebell aus dem Inneren des Hauses übertönten. Raúl musste sie immer wieder ermahnen, keine Steine und keinen Sand ins Becken zu werfen. Sie durften auch nicht über die Rabatten laufen und keine Blumen abreißen. In El Cisne gab es keine Blumenrabatten, da konnten die Kinder laufen, wohin sie wollten. Raúl hatte keine ruhige Minute. Es waren nicht **seine** Kinder, er konnte sie leider nicht verdreschen.

Olgas Schwäger hatten keine Zeit, nach ihren Kindern zu sehen, sie bemühten sich vereint, die Holzkohle unterm Grillrost in Brand zu bekommen. Und drüben aus dem Küchenfenster schallte das Gelächter und Geplauder der Frauen, die ihre Scheu vor der Vornehmheit des Hauses immer mehr verloren.

Bald roch es im ganzen Garten wundervoll nach gegrilltem Fisch und gedünsteter Yucca. Olga füllte Tarzans Napf und verschwand damit im Haus. Das Gebell verstummte.

Und schon erschienen die nächsten Gäste. Raúls Söhne kamen mit Armen voll Brot, kurz danach tauchte Euclides auf. Er trug ein weißes Hemd.

»Ausgeborgt«, sagte er und grinste.

Er schenkte Angelito eine Dose mit brauner, Gregorio eine Dose mit schwarzer Schuhcreme. »Ich hab eine Quelle, da bekomm ich sie billiger«, erklärte er. »Und Schuhcreme braucht man immer.«

»Ich dachte schon, du wolltest nichts mehr von mir wissen«, sagte Angelito.

»Von denen, die hier die Besitzer sind, hätte ich mich nicht einladen lassen«, sagte Euclides.

Die Schwestern kamen mit einem Körbchen voll Quittenpaste, und ihre Mutter, kaum größer als ihre Töchter, umarmte Angelito und pries sein Glück, so ein Zuhause gefunden zu haben. Er erschrak, als er ihr Gesicht sah. Es sah gelb und krank aus, und unter den Augen hingen Tränensäcke. Er hatte sie so viel jünger in Erinnerung gehabt.

»Und du …«, sie umarmte auch Gregorio, »Gott segne dein gutes Herz und das deiner Eltern!«

Alle drei trugen geflickte, aber saubere Kleider. Nur die Schuhe konnte man kaum mehr Schuhe nennen. Seitlich waren sie aufgeplatzt, sodass man die Zehen sah, die Absätze waren schief getreten.

»Schau nicht dauernd hin«, flüsterte Angelito Gregorio zu. Während Gregorio die drei zur Tafel führte, erschien Juan Ohnehand. Im ersten Augenblick erkannte ihn Angelito kaum. Er trug einen weißen Anzug, der schmutzig, schlapp und ungebügelt an ihm herunterhing. Die Hose bauschte sich unter dem Gürtel, die Stümpfe waren kürzer als die Ärmel.

»Mein Hochzeitsanzug«, sagte er. »Hat schon bessere Zeiten gesehen, aber es hängen einfach so viele Erinnerungen dran.«

Auch Gregorio kam gelaufen und begrüßte Juan Ohnehand stürmisch.

»Zieht euch mal die Tüte aus meiner Jackentasche«, sagte Juan Ohnehand. »Ein Geschenk für euch beide.«

Gregorio zog die Plastiktüte aus der Tasche und griff neugierig hinein. Er griff in Münzen.

»Geld?«, rief er erstaunt.

»Es ist **fremdes** Geld«, sagte Juan Ohnehand. »Von Touristen. Für solche Münzen gibt mir niemand was. Und auf der Bank kann man sie auch nicht einwechseln. Lohnt sich nicht, sagen die. Ein paarmal am Tag krieg ich so was in den Teller. Auf den ersten Blick freust du dich, und auf den zweiten siehst du die Bescherung. Ich dachte, ihr habt vielleicht Lust, sie zu sammeln?«

Es war ein großartiges Geschenk. Angelito griff nach Juans Arm, Gregorio griff nach dem anderen, und gemeinsam führten sie ihn unter die Bäume, wo sich jetzt alle an der Tafel niederließen.

Da tauchte Tinto am Tor auf. Angelito ließ Juans Arm los, als er ihn entdeckte, und lief auf ihn zu.

»Ich hab fast jeden Abend dahinter geschaut, seit ich hier war«, antwortete Tinto und reichte Angelito eine Herrengeldbörse. Sie war aus feinem Nappaleder und trug vergoldete Initialen.

»Selber geklaut«, sagte er stolz. »Marisol sagt, ich bin schon gut, nach dem zu urteilen, was ich ihr bringe. Ich arbeite meistens am Bahnhof.«

Angelito sah ihn erschrocken an: »Da kontrollieren sie doch.«

Tinto grinste: »Einmal hätten sie mich fast erwischt. Aber du weißt ja, wie schnell ich bin. Die ist vom Tag, nachdem ich hier war. Da hab ich gedacht, die soll für dich sein.«

»Für die hättest du bei Marisol viel bekommen«, flüsterte Angelito.

»Wenn schon«, flüsterte er zurück und zuckte mit den Schultern. »Mir geht's gut, viel besser als früher. An drei verschiedenen Stellen hab ich Geld vergraben, in Büchsen.«

»Angelito! Tinto!«, rief Gregorio von der Tafel herüber. »Wir essen!«

Angelito ging mit Tinto zur Tafel. Er setzte sich zwischen Tinto und Juan und fütterte Juan mit Fisch und Brot. Ab und zu versteckte Juan seinen Mund hinter dem Stumpf und spuckte Gräten unter den Tisch. Danach klemmte er sich geschickt eine Limonadenflasche zwischen die Stümpfe und trank.

Es war ein köstliches Mahl.

Bald bedeckten Gräten den Rasen unter den Tischen und hinter den Stühlen. Der Salat verschwand so schnell, wie er aufgetragen wurde, und immer wieder machten die Yucca-Schüsseln die Runde.

»Es lebe meine Tochter!«, rief Olgas Vater.

»Und mein Mann!«, rief Raúls Frau.

»Und diese beiden prächtigen Jungen, die uns eingeladen haben!«, sagte Juan Ohnehand.

Alle klatschten und schrien durcheinander.

»Sie freuen sich«, flüsterte Gregorio Angelito zu. »Schau sie dir an, wie glücklich sie sind.« Und dann flüsterte er: »Wenn sie nur nicht so stinken würden!«

»Petrona ist nicht gekommen«, sagte Angelito.

Luis fand sich pünktlich um sechs Uhr ein, zog seine Uniformjacke aus und machte sich, mit seiner Tochter auf dem Schoß, über einen vollen Teller her.

Und dann kam Petrona doch noch. Gregorio musste sie hereinholen. Sie kam barfuß und in ihren Lumpen. Angelito sah Gregorios Gesicht an, dass sie stank.

»Ich bin zu Fuß aus der Stadt herausgelaufen«, sagte sie. »Es ist weit bis hierher.«

Sie sank auf einen Stuhl und trank eine Flasche Limonade aus, ohne abzusetzen. Erst später, als sie sich wieder erholt hatte, zog sie Angelito zu sich herunter und flüsterte: »Ich wär am liebsten nicht gekommen, so mit leeren Händen. Das Betteln bringt immer weniger ein, und es sitzen immer mehr vor der Kirchentür.«

»Du hast mir damals so oft geholfen«, sagte Angelito. »Mach dir nur keine Gedanken.«

»Wenn du mal mit euren Ärzten nicht klarkommst«, flüsterte sie, »dann komm nur. Dein neuer Bruder auch. Sag's ihm. Manchmal sehen eure Doktoren den Wald vor Bäumen nicht.«

Olgas Bruder hatte seine Gitarre mitgebracht. Zwei seiner Schwäger sangen. Den Kehrreim übernahm die ganze Gruppe.

»Trinkt und esst!«, rief Olga den Gästen zu und breitete die Arme aus. »Morgen müsst ihr wieder hungern!«

»Wie geht's deinem Ältesten?«, fragte Angelito Juan Ohnehand.

Er zuckte mit den Schultern. »Wenn du ihn gekannt hättest, würdest du ihn nicht wieder erkennen. Ich mach mir Sorgen. Was wird, wenn er bald entlassen wird?«

»Du hättest deine beiden anderen Söhne mitbringen sollen«, sagte Angelito.

Juan Ohnehand machte eine müde Bewegung.

»Ausgeflogen«, sagte er. »Eines Tages waren sie einfach weg. Ohne mir was zu sagen.« Er bekam nasse Augen. Aber nach einer Weile sah ihn Angelito neben dem Gitarristen sitzen und singen.

»So ist das also, wenn man reich ist«, hörte Angelito die Mutter der Quittenmarkverkäuferinnen sagen. »Merkt euch das, Kinder. Vergesst diesen Tag nie! In so einen Garten werdet ihr nie wieder kommen, höchstens als Dienstmädchen.«

Angelito kletterte mit Tinto und Euclides ins Baumhaus hinauf.

»Ich komm mit!«, rief Gregorio.

»Ja, komm«, sagte Angelito. »Aber du wirst vieles nicht verstehen von dem, was wir reden.«

Er legte einen Arm um ihn, den anderen Arm um Tinto. Da hörte er Olga leise seinen Namen rufen. Sie stand unter dem Baum und schaute herauf.

»Heilige Muttergottes – der Pater kommt!«

»Der Pater kommt«, wiederholte Angelito, an Gregorio gewandt. »Komm mit runter!«

»Was geht hier vor?«, hörten sie Pater Cosme fragen, noch bevor ihm Olga das Tor geöffnet hatte.

»Wir haben nur ein paar Freunde eingeladen«, antwortete Olga unsicher. »Luis ist dabei. Es geht ganz ruhig zu. Es sind alles gute Menschen.«

»Hat Don Fernando seine Erlaubnis gegeben?«, fragte der Pater.

»Die Herrschaften waren schon weg«, sagte Olga mit Angst in der Stimme. »Und es hat sie keinen Centavo gekostet.«

»Außerdem war **ich's**, der das Fest haben wollte«, rief Gregorio.

»**Du** hältst dich da heraus!«, sagte der Pater zornig. »Mit dir wird sich dein Vater befassen.«

Luis sprang auf, als der Pater sich der Tafel näherte.

»Keine besonderen Vorkommnisse, Pater!«, rief er und salutierte.

»Alle mal herhören!«, rief der Pater. »Diese Veranstaltung findet in Abwesenheit des Grundstückseigentümers und ohne dessen Erlaubnis statt. Ich bin beauftragt, seine Interessen wahrzunehmen. Und ich bin sicher, dass das, was hier geschieht, nicht in seinem Sinne ist. Wer sich also keine

Unannehmlichkeiten einhandeln will, tut gut, so schnell wie möglich von hier zu verschwinden!«

Starr vor Schreck stand Olga hinter dem Pater, unfähig, zu den Gästen, die ihre Sachen zusammenrafften und ihre Kinder hinter sich herzerrten, noch ein Wort zu sagen. Als sie stumm an ihr vorbeigingen und den Garten verließen, brach sie in Tränen aus.

Auch Tinto und Euclides waren über die Strickleiter herabgeklettert. Euclides ging auf den Pater zu, packte ihn an der Soutane und sagte: »Sie stehen auf der falschen Seite, Pater!«

»Luis!«, rief der Pater.

»Lass ihn los, Freund«, sagte Luis. »Er steht auf der Seite, die das Sagen hat.« Er griff nach seiner Uniformjacke, nahm seine Tochter an der Hand und ging auch zum Tor.

»Du bleibst hier!«, befahl der Pater. »Für dich gibt's hier, wie's scheint, noch Arbeit.«

»Meine Dienstzeit ist schon lange zu Ende«, sagte Luis. »Sie müssen sich an meinen Kollegen wenden.«

Tinto spuckte dem Pater vor die Füße, als er an ihm vorüberging.

»Ich hab abgeraten davon, Hochwürden«, sagte Raúl, und seine Frau nickte heftig. »Aber sie haben mich überredet, Olga und die Jungen …«

Olga schloss das Tor hinter dem letzten Gast, der den Garten verließ. Es war Petrona.

»Lass den Hund heraus!«, befahl Pater Cosme.

Petrona drehte sich noch einmal um, fasste in das Gitter und schrie in den Garten hinein, zum Pater hinüber: »Der Herr Jesus hätte sich zu uns gesetzt!«

24

An dem Tag, an dem **Doña Laura und Don Fernando** heimkommen sollten, lud Pater Cosme die beiden Jungen ein, ihn zum Flughafen zu begleiten. Er wollte die Eltern abholen. Aber sie schüttelten beide den Kopf.

»Aha, ihr grollt mir noch?«, fragte er spöttisch. »Und was, wenn sie das Haus geplündert hätten? Ihr wisst doch, wie gefährlich diese Leute sein können.«

»Meine Leute sind nicht gefährlich!«, sagte Olga zornig.

»Und unsere Freunde auch nicht!«, schrie Gregorio.

»Gelegenheit macht Diebe«, sagte der Pater. »Die Leute haben nichts, und wer nichts hat, nimmt sich.«

»Wie wäre **Ihnen** denn zumute, wenn Sie so fortgejagt würden?«, fragte Gregorio.

»Warten wir ab, was Doña Laura und Don Fernando von der Sache halten«, antwortete Pater Cosme.

Das erfuhren die Jungen bald. Don Fernandos Strafgericht wurde fürchterlich. In Anwesenheit von Pater Cosme, der schweigend zuhörte, rief er Kinder wie Dienstboten ins Wohnzimmer. Olga entließ er auf der Stelle. Raúl konnte sich retten, weil er alle Schuld auf »die anderen« schob. Er habe gute Miene zum bösen Spiel machen müssen. Aber er habe den Besitz der Herrschaften vor Schlimmerem bewahrt, indem er darauf bestanden habe, dass Luis anwesend sei. Über zwei Jahrzehnte habe er treu und ehrlich gedient, das müsse der Señor bedenken, zwei Jahrzehnte könne man doch nicht einfach so vom Tisch wischen.

»Ja«, sagte Doña Laura, die mit verweinten Augen in einem Sessel saß, »das ist wahr. Wir sollten es noch einmal mit ihm versuchen.«

»Gott segne unsere herzensgute Señora!«, rief Raúl und verbeugte sich tief.

Don Fernando schickte ihn mit einer Handbewegung hinaus. Dann wandte er sich an Angelito.

»Die **anderen**, von denen Raúl sprach«, sagte er zornig, »das bist **du**! **Du** hast die ganze Sache angezettelt! Du hast die Dienstboten zu diesem kriminellen Wahnsinn angestiftet!«

»Das ist nicht wahr«, rief Gregorio. »**Ich** war's!«

»Misch dich nicht ein, Gregorio«, fuhr ihn Don Fernando an.

»Aber **ich** war's, **ich**!«, rief Gregorio empört.

»Halt den Mund!«, donnerte ihn Don Fernando an.

»Gregorio, gehorche deinem Vater«, schluchzte Doña Laura und zog ihn an sich, während sich Don Fernando wieder Angelito zuwandte, der nun allein vor ihm stand.

»Du warst es auch, der unserem Gregorio diese verrückten Gerechtigkeitsideen in den Kopf gesetzt hat«, sagte er finster. »Als ob du nicht allen Grund hättest, uns dankbar zu sein, die wir dich aus diesem unbeschreiblichen Schmutz und Elend herausgeholt haben. Und zum Dank dafür hast du nichts Eiligeres zu tun, als einen Keil zwischen uns und unseren Jungen zu treiben!«

»Ich wär auch allein draufgekommen!«, schrie Gregorio. »Irgendwann hätte ich's auch ohne ihn …«

Aber Doña Laura hielt ihm den Mund zu.

»Ich werde dir sagen, was du vorhattest, Simon«, fuhr Don Fernando fort. »Du wolltest deinesgleichen hier Tür und Tor öffnen, und dazu hast du auch unseren Jungen eingespannt. Pater Cosme hat völlig Recht: Nicht auszudenken, was hätte geschehen können, wenn er nicht zufällig dazugekommen wäre! Schon die Vorstellung, dass sich dieses Straßenpack hier getummelt hat, ist widerlich!«

»Aber sie haben sogar ihr Essen mitgebracht, Papa!«, rief Gregorio.

»Haben wir dir nicht immer wieder gesagt, du sollst keine Leute hereinlassen, die du nicht kennst?«, antwortete ihm Don Fernando.

»Aber es waren doch nur Raúls Kinder und Olgas Familie, die wir nicht kannten! Die anderen kannten wir!«

»Simon ja – aber du nicht!«

»Ich doch auch – außer Euclides und die Mutter von den –«

»Gregorio!«, schrie Angelito.

Gregorio brach ab und starrte Angelito erschrocken an. Dann begriff er. Aber da war es schon zu spät. Don Fernando rief Raúl wieder herein. Angelito sah, dass Pater Cosme sich bekreuzigte.

»Raúl!«, flehte Gregorio.

Raúl wand sich, aber als Don Fernando ihm versprach, ihn trotz des neuen Tatbestandes nicht zu entlassen, wenn er alles verrate, was er wisse, redete er.

»Dreckskerl!«, heulte Gregorio und spuckte nach ihm.

Doña Laura schrie entsetzt auf. »Was tust du, Kind?«

»Geh in dein Zimmer, Gregorio«, sagte Don Fernando.

»Für heute und morgen hast du Stubenarrest. Damit du genügend Zeit und Ruhe hast, über das alles nachzudenken.«

Doña Laura versuchte ihn hinauszuführen, aber er sträubte sich.

»Und Simon?«, rief er. »Was hast du mit ihm vor, Papa?«

Er riss sich los und umarmte Angelito. Aber Don Fernando packte ihn am Kragen und zerrte ihn aus dem Zimmer. Er kam allein zurück – auf dem Umweg über sein Arbeitszimmer. In der Hand trug er den Schuhkarton.

Angelito erschrak bis ins Herz.

»Zieh dich aus«, befahl Don Fernando.

Angelito begegnete Raúls bestürztem Blick. Raúl wollte das Zimmer verlassen, wollte sich unauffällig hinausdrücken, aber Don Fernando rief ihn zurück: Er werde noch gebraucht. Da blieb Raúl mit hängenden Armen stehen und starrte auf seine Sandalen, während Angelito ein Kleidungsstück nach dem anderen auszog, bis er nackt dastand.

»Auch die Schuhe«, sagte Don Fernando. »Du bist barfuß zu uns gekommen.«

Dann reichte er Angelito die Schachtel. Angelito streifte sich die kurze Hose über, das zerfetzte Hemd. Die Hose kniff, das Hemd krachte in den Nähten.

»Schaff ihn hinaus«, sagte Don Fernando zu Raúl und zeigte auf Angelito. »Er hat seine Chance gehabt. Soll er dorthin zurückkehren, wo er hergekommen ist. Wie man sich dort am Leben erhält, weiß er.«

Raúl brauchte Angelito nicht anzufassen. Der Junge schritt allein aus dem Zimmer, aus dem Haus, durch den Garten, durch das Tor hinaus, so, wie er gekommen war: nur mit dem, was er auf dem Leib trug.

»Tut mir leid«, murmelte Raúl. »Aber was blieb mir anderes übrig?«

Angelito antwortete nicht. Das Tor schlug hinter ihm zu. Mit gesenktem Kopf kehrte Raúl zum Haus zurück und machte sich am Swimmingpool zu schaffen.

Wie betäubt ging Angelito durch die Sackgasse. Kurz vor der Einmündung in die Avenida kam ihm Alicia entgegen. Sie trug ein schwarzes Kleid, das Angelito früher an Doña Laura gesehen hatte. Doña Laura hatte es ihr wohl mitgegeben. »Du hier?«, fragte Alicia. »Und wie siehst du aus!«

»Sie haben mich fortgejagt«, sagte Angelito und begann zu weinen.

Sie stellte ihre Tasche ab und drückte ihn an sich. »Also haben sie's herausbekommen?«

Er nickte. »Und Olga ist auch weg.«

»Olga?« Sie fragte alles aus ihm heraus. »Ein Fest?«, rief sie bestürzt. »Ein Fest im Garten der Zambranos? Wie konntet ihr nur glauben, dass das gut gehen kann!«

Als er fertig war, schaute sie zu der Villa hinüber. »Sie sind böse«, sagte sie. »Sie sind so böse.« Dann sah sie ihn an: »Und was wird jetzt mit dir? Wo willst du hin?«

Er hob die Schultern und ließ sie wieder fallen.

»Warte hier an der Ecke«, sagte sie. »Mich werden sie ja auch gleich feuern. Ich nehm dich mit zu mir heim.«

Er wartete an der Ecke auf sie – so, dass man ihn von der Sackgasse her nicht sehen konnte. Er setzte sich auf den Boden und lehnte sich gegen die Mauer. So wartete er stundenlang. Er beobachtete die Zeiger der Armbanduhr. Ja, die Uhr, die hatte Don Fernando vergessen, die war noch an seinem Handgelenk und passte dort gar nicht mehr hin. Und die Zeiger bewegten sich kaum. Und Alicias Kettchen trug er auch noch um den Hals.

Einmal schrak er zusammen: Der Wagen des Paters bog aus der Sackgasse. Der Pater erkannte ihn, bremste und beugte sich aus dem Fenster. »Melde dich in der Pfarrei San José«, sagte er. »Ich werde dort Bescheid geben, dass sie dich in einem Waisenheim unterbringen sollen.«

Dann fuhr er weiter. Angelito blieb sitzen. Wenig später erschien auch Don Fernandos Wagen. Einen Augenblick lang hoffte Angelito. Aber Don Fernando suchte ihn nicht. Ohne sich umzuschauen, fuhr er davon.

Erst gegen Abend kam Alicia. Sie trug eine Einkaufstasche, aus der sie einen Plastikbeutel zog.

»Da«, sagte sie. »Ein paar Unterhosen und die T-Shirts, die noch an der Leine hingen. An deine anderen Sachen konnte ich noch nicht ran. Sie haben dein Zimmer zugeschlossen und den Schlüssel abgezogen.«

Sie strich ihm übers Haar. »Ich konnte nicht früher kommen, sonst wär's aufgefallen«, sagte sie.

»Bist du denn **nicht** entlassen?«, fragte Angelito.

»Sie haben mich in die Mangel genommen, aber nicht gefeuert«, antwortete Alicia. »Das hab ich sicher ihr zu verdanken. Beide Mädchen auf einen Schlag will sie wohl doch nicht verlieren.«

»Und Gregorio?«, fragte Angelito.

»Sitzt in seinem Zimmer und heult«, sagte Alicia. »Das Herz könnte es einem umdrehen. Ich darf nicht zu ihm hinein. Ich hab – so, wie's steht – auch kein Wort für dich einlegen können. Geh heim zu meinen Leuten und bleib erst mal dort. Vielleicht lassen sie sich von Gregorio erweichen und holen dich zurück.«

Sie beschrieb ihm ihre Adresse, drückte ihn noch einmal an sich und küsste ihn auf die Stirn.

»Bist ein guter Junge«, sagte sie. »Du brauchst dir nichts vorzuwerfen.«

Dann lief sie zurück zum Tor.

Angelito wurde von Alicias Mutter mit großem Gejammer aufgenommen. Sie beklagte den Tod ihres Mannes, während sie Angelito einen Rest Suppe vorsetzte. Angelito nickte nur. Er war jetzt nicht imstande, Mitleid zu empfinden. Alicias Kinder starrten ihn neugierig an. Der Älteste, nur wenig jünger als er, trug ein zerrissenes Hemd. Durch die Ritzen der Bretterwände konnte man andere Hütten sehen. Es roch nach feuchtem Lehm und fauligem Wasser. Die Nacht verbrachte Angelito auf einer schmalen Pritsche, die dem Großvater gehört hatte. Es war unerträglich stickig in dem engen Raum, in dem sechs Menschen schliefen. Mücken summten. Angelito sehnte sich nach einem Duschbad.

Und keine Klimaanlage rauschte.

Während der ersten Tage half Angelito der Alten und kümmerte sich um die Kinder. Sie gingen in die Schule des Slums, und er half ihnen bei den Hausaufgaben. Aber zwischendurch saß er immer wieder auf der Schwelle und wartete auf Alicia. Als sie endlich – am nächsten Sonntag kurz vor Mittag – kam, schüttelte sie schon den Kopf, als sie noch weit von ihm entfernt war.

»Gregorio lässt dich grüßen«, sagte sie. »Er lässt dir sagen, dass dich auch alle aus der Klasse grüßen lassen. Es täte ihnen leid, dass du nicht mehr da bist. Und Gregorio lässt dir sagen, dass du Geduld haben sollst. Er will seine Eltern überreden, dass du zurückdarfst.«

Sie lachte traurig: »Don Fernando gerät noch immer in Wut, wenn die Sprache auf euer Fest kommt. Und niemand darf deinen Namen nennen.«

Sie sah müde aus. Doña Laura hatte noch kein Zweitmädchen gefunden. Als sie am frühen Montagmorgen wieder fortging, küsste sie ihre Kinder zärtlich und strich auch Angelito übers Haar.

»Du riechst schon genauso wie meine Kinder«, sagte sie. »Wie alle hier im Viertel. So schnell geht das.«

In den nächsten Tagen lag er mit schwerem Durchfall auf der Pritsche und döste die meiste Zeit vor sich hin. Die Alte schlug ein übers andere Mal die Hände zusammen und jammerte, er werde noch die ganze Familie anstecken. Er magerte stark ab, aber als Alicia das nächste Mal heimkam, war er wieder auf den Beinen.

Aus ihrem Gesicht las er nichts Gutes. Trotzdem lief er ihr

entgegen. Gewiss, Gregorio ließ ihn grüßen. Geradezu
stürmisch habe er ihr die Grüße aufgetragen, berichtete sie.
Und er habe wirklich sein Möglichstes getan. Tagelang
habe er das Essen verweigert, er, der so gern aß. Bis Doña
Laura nur noch geweint habe. Und er habe keine Schul-
aufgaben gemacht und sei seinem Vater aus dem Weg gegangen. Mit Raúl spreche er noch immer nicht.

»Hier«, sagte sie, »er schickt dir Olgas Muscheln und die
Hupe und die Börse. Da ist ausländisches Geld drin. Er
sagt, du wüsstest schon.«

Aber er habe nichts für ihn erreicht. Und als **sie** gewagt
habe, um seine Sachen zu bitten, sei Doña Laura hochge-
fahren: Ob sie denn wisse, wo er sich aufhalte. Als sie das
bejaht habe, sei Doña Laura zu Don Fernando gegangen
und habe es ihm erzählt. Und dann habe Don Fernando ihr
auf den Kopf zugesagt, dass er bei ihren Leuten wohne.

»Du musst weg von hier«, sagte sie niedergeschlagen. »Er
hat mir befohlen, dich fortzuschicken. Er will nicht, dass es
noch irgendeinen Kontakt zwischen dir und Gregorio
gibt.«

»Und wenn ich **heimlich** hier wohnen bleibe? Er braucht
doch nichts davon zu erfahren.«

»Raúl weiß, wo ich wohne«, antwortete Alicia. »Er hat mir
damals die Stühle hergeschafft, als dein Zimmer eingerich-
tet wurde. Raúl tut alles, was Don Fernando von ihm ver-
langt, und Don Fernando bekommt alles aus ihm heraus,
was er wissen will.«

»Aber wohin willst du das arme Kind denn schicken!«, rief
ihre Mutter.

»Ich hab jemand, zu dem ich gehen kann«, sagte Angelito

und versuchte, seine Tränen zurückzuhalten. »Sag Gregorio, dass ich ihn nicht vergessen werde. Und wenn er mich erreichen will, soll er's über die Freunde tun. Er weiß ja, wo er sie findet.«

Sie versprach ihm, Gregorio alles genau auszurichten. In einem Plastikbeutel gab ihm Alicias Mutter das wenige mit, was er noch besaß, dazu Brot und ein paar Bananen. Dem Jungen schenkte er die Hupe, den Mädchen Münzen und Muscheln. Dann ging er. Die Kinder winkten ihm nach, und die beiden Frauen weinten.

25

Er ging nicht sofort zu dem Kanalrohr und dem losen Stein in der Mauer. Er ging erst zu Marisol und verkaufte ihr seine Armbanduhr.

»Na«, sagte sie, »sieht ganz so aus, als hätten sie dich aus dem Paradies vertrieben.«

Angelito nickte.

»Halt dich an Tinto«, sagte sie und tätschelte ihm die Wange.

Angelito atmete auf. Marisol hatte ihm dieses demütigende Wiedersehen leichtgemacht. Er schob die Geldscheine, die er von ihr bekommen hatte, in die Hosentasche. Aber die hatte ein Loch. Gewiss, er besaß eine Börse. Aber die war zu groß für die Hosentasche und zu auffällig. Da legte er die Geldscheine in die Börse und übergab sie Marisol.

»Heb sie für mich auf, ja?«, bat er sie.

»Ein Prachtstück«, meinte sie, die Börse betrachtend.

»Verkauf sie nicht, hörst du?«, schärfte er ihr ein.

»Verstehe«, sagte sie. »Ein Erinnerungsstück, nicht wahr?«

Er ging zur Kirche San Isidro. Aber Petrona war nicht dort. »Seit ein paar Tagen kommt sie nicht mehr her«, bekam er von den anderen Bettlern zu hören. »Die Polizei hat sie verjagt.«

»Nur sie?«, fragte Angelito erstaunt.

Die Bettler konnten sich das auch nicht erklären. Aber sie berichteten, dass mit den Polizisten ein Mann gekommen sei, der sie gekannt habe. Petrona habe ihn »Raúl« genannt.

Auch Juan Ohnehand war nicht auf seinem Platz.

Angelito ging weiter. Er ging den weiten Weg bis zu dem lockeren Stein in der Mauer hinter dem Rohr. Aber der Stein war fest.

Er spähte in das Kanalrohr. Er war todmüde und hungrig. Hier hatte er so oft geschlafen. Und vielleicht – vielleicht würde Tinto heute Nacht zum Schlafen herkommen. Er kroch in das Rohr, in dem er früher hatte bequem aufrecht sitzen können. Jetzt musste er den Nacken beugen.

Er aß die Hälfte des Brotes und zwei der vier Bananen, streckte sich dann aus und versuchte zu schlafen. Der harte Beton schabte über seine Haut, wenn er sich umdrehte, und bald taten ihm alle Knochen weh. Die Mücken umsummten ihn und stachen. Er hatte Angst.

Spät in der Nacht schreckte er aus unruhigen Träumen auf: Er hörte Schritte, die sich dem Rohr näherten. Sein Herz schlug ihm bis in den Hals. Jemand pfiff. Da wurde ihm

ganz warm vor Freude. Er pfiff zurück. Dann kroch Tinto
zu ihm ins Rohr.

»Ich hab dich schon erwartet«, sagte Tinto, »seit der Stein
nicht mehr herauszuziehen geht.«

»Deine Börse hab ich gerettet«, sagte Angelito.

Den Rest der Nacht schlief er fest, Rücken an Rücken mit
Tinto.

Von nun an waren Angelito und Tinto wieder viel zusammen. Gleich am nächsten Tag gingen sie zu zweit noch einmal zu Juan Ohnehands Platz. Aber Juan war noch immer
nicht da. Und auch Yolanda und Catalina waren nicht an
der Ecke der Avenida Treinta de Julio. Der Mann am
Zeitungskiosk erinnerte sich genau an sie. Ach ja, harmlose
kleine Mädchen, die keiner Fliege etwas zu Leide taten.
Eines Tages sei die Polizei da gewesen und habe ihnen verboten, hier Quittenmark zu verkaufen. Quittenmark! Da
müsse was anderes dahinter stecken.

Jetzt wunderte die beiden Jungen nicht mehr, dass sie auch
Euclides nicht vor dem Distriktgericht fanden.

»Dein Don Fernando hat einen langen Arm«, meinte
Tinto.

»Und Raúl ist ein Verräter«, sagte Angelito finster.

In den ersten Tagen badete sich Angelito noch manchmal
in einem der Brunnenbecken und wusch seine Kleider. Aber
bald gewöhnte er sich wieder daran, dass ihm die Kleider
an der Haut klebten und von Schmutz und Schweiß immer

steifer wurden. Anfangs fuhr er sich noch oft mit den Fingern durchs Haar, aber es dauerte nicht lange, da ließ er es wieder verfilzen. Und bald konnte er sich kaum mehr vorstellen, dass er sich einmal jeden Morgen und jeden Abend die Zähne geputzt hatte.

Ab und zu holte sich Angelito Geld aus seiner Börse bei Marisol. Sie lebten beide davon, Tinto und er. Als das Geld verbraucht war, ging Tinto wieder stehlen.

»Mach doch mit«, sagte er zu Angelito. »Mir geht's gut. Ich brauch nicht mehr in Tonnen zu wühlen.«

Aber Angelito wollte nicht. Er hatte vor, zu betteln.

»In deinem Alter bekommst du nichts mehr«, sagte Tinto. »Da musst du dir schon eine besondere Masche einfallen lassen.«

Angelito lief herum – tagelang, wochenlang, und suchte Arbeit.

»Na«, sagte Marisol, als er ihr doch die schöne Börse verkaufte, »willst du mein Angebot noch immer nicht bedenken? Sie sind übel mit dir umgesprungen, Junge. Du hast keinen Grund mehr, sie zu schonen. Also?«

Aber Angelito schüttelte den Kopf.

Ein paar Tage arbeitete er auf einem Rummelplatz, dann half er auf dem Markt beim Obstsortieren. Und er war glücklich, als er sich verbessern konnte: In einem Supermarkt durfte er Ware aus Schachteln und Kisten packen und in die Regale räumen. Bedingung war, dass er saubere Kleidung trug. Aber er hatte nichts, womit er seine Kleider waschen konnte. So bat er im Supermarkt um ein Stück

Seife. Die Bitte wurde ihm abgeschlagen, genau wie die Bitte um einen kleinen Vorschuss.

»Das fangen wir gar nicht erst an«, sagte der Lagerverwalter.

Da versuchte Angelito, ein Stück Seife zu stehlen, das kleinste Stück, das es gab, und wurde prompt dabei erwischt. Denn der Lagerverwalter hatte ein scharfes Auge auf jeden Neuen.

Nach ein paar Tagen fand er eine andere Arbeit: Er spülte Geschirr in einem Schnellimbiss.

»Das hast du deiner blonden Locke zu verdanken, Mister«, sagte der Besitzer des Restaurants und lachte.

Mit dem, was Angelito dort erhielt, konnte er sich mühsam über Wasser halten, obwohl ihm die Mahlzeiten, die er während der Arbeitszeit einnahm, vom Lohn abgezogen wurden.

Manchmal fand er Zeitungen in den Papierkörben des Restaurants, nahm sie mit ins Rohr und las darin, wenn er nicht zu müde war. Und wenn vor den Fenstern der Imbissstube Kinder in Schuluniformen vorüberlärmten, starrte er ihnen sehnsüchtig nach. Er hoffte, unter den Gästen vielleicht ehemalige Schulkameraden zu entdecken. Aber niemand aus dem Viertel Christo Rey ließ sich hier sehen.

Vor Pepe und seiner Bande hatte er keine Angst mehr. Sie grinsten, als sie ihm begegneten, und Pepe sagte: »Meinetwegen kannst du auf dem Parkplatz wieder mitmachen, wenn du dir dafür nicht zu vornehm bist – und wenn du früh genug kommst.«

Aber er ging ihnen aus dem Weg. Und eine andere Bande,

die sich in seinem Kanalrohr einnisten wollte, schlugen Tinto und er in die Flucht.

Eines Tages fand er Juan Ohnehand wieder. Der saß jetzt vor dem Kaufhaus **CAUCASIA** in der Avenida Colón. Ja, die Polizei hatte ihn von der Plaza weggejagt. Gregorio hatte er nie wieder gesehen und auch keine Nachricht von ihm erhalten. Von Angelitos Unglück hatte er schon gehört. Einer von Raúls Söhnen war vorübergekommen und hatte es ihm erzählt.

»Aber das Fest«, sagte er, »das Fest war schön. Wenn ich einen schlechten Tag hab, denk ich an euer herrliches Fest. Gott segne dich dafür und lasse die wie Ratten verrecken, die dir's übel genommen haben.«

Die beiden Mädchen Catalina und Yolanda fand nicht Angelito, sondern Tinto. Sie standen jetzt an der Fußgängerbrücke über den Fluss und schienen recht zufrieden mit diesem Wechsel.

»Hier verkaufen wir mehr als früher«, berichteten sie Angelito, als er am nächsten Tag hinlief.

Bestürzt starrten sie ihn an. Sie hatten Tinto nicht glauben wollen, dass er nicht mehr bei den Zambranos lebte. Jetzt sahen sie's mit eigenen Augen. Und Gregorio hatten sie seit dem Fest nicht wieder gesehen. Nein, wirklich nicht. Und er hatte ihnen auch keine Nachricht gesandt.

»Vergiss ihn, deinen Gregorio«, sagte Tinto. »Um den brauchst du dir keine Sorgen zu machen.«

Aber Angelito wollte Gregorio nicht vergessen. Und jeden Abend, wenn das Restaurant schloss, lief er die Straßen ab, um Petrona und Euclides zu suchen.

»Euclides hat's immer mit den Gerichten«, meinte Tinto. »**Dort** musst du nach ihm Ausschau halten.«

Tinto hatte Recht: Angelito fand Euclides vor dem Arbeitsgericht.

»So«, sagte Euclides mit einem Blick auf Angelitos schäbige Kleidung, »ist es also so weit? Das hab ich schon lange erwartet. Und wer weiß, wofür's noch mal gut ist. Übrigens gehe ich immer noch in die Abendschule. Das wollte ich dir schon draußen auf eurem Fest erzählen. Vier Jahre hab ich schon. Noch zwei Jahre und eine Prüfung, dann weiß ich genauso viel wie dein Gregorio, wenn er mit seiner Schule fertig ist. Wissen ist Macht, hörst du? Das sagt unser Direktor immer. Bei dem hab ich einen Stein im Brett. Er will mir helfen, dass ich nach der Prüfung eine Stellung finde. Und dann bekommst du endlich mein Schuhputzzeug, Angelito. Das ist eine Existenz, Junge! Dann bist du dein eigener Chef!«

Angelito dachte an seinen Chef, den Besitzer der Imbissstube, der seine Launen an ihm ausließ und ihn bei jeder Lohnabrechnung übers Ohr zu hauen versuchte.

»Mehr, als dass dich die Polizei von deinem Platz vertreibt«, sagte Euclides, »kann dir als Schuhputzer nicht passieren. Und es gibt Tausende von Plätzen in dieser Stadt, auf denen du Schuhe putzen kannst. Einen Kundenstamm hast du bald zusammen, wenn du gut polieren kannst.« Nein, auch bei ihm war keine Nachricht von Gregorio eingegangen.

»Vergiss ihn«, sagte Euclides. »Der hat dich auch schon längst vergessen, darauf kannst du dich verlassen.«

Angelito schüttelte den Kopf und ging.

Er zögerte über ein halbes Jahr. Aber an einem Sonntagnachmittag ging er doch hinauf zu Alicia. Er hatte Glück: Sie war daheim und umarmte ihn voller Freude.

»Gut geht's dir nicht, wie ich sehe«, sagte sie. »Ich hatte dich schon längst erwartet.«

Dann erzählte sie von Gregorio.

»Er hat's schwergenommen«, sagte sie, »und er nimmt's noch immer schwer. Er hat Pablo zu deinen Freunden geschickt. Aber sie waren nicht mehr dort, wo sie früher gewesen waren. Da steckt wahrscheinlich Don Fernando dahinter. Er lässt Gregorio auch noch immer nicht allein in die Stadt.«

Angelito nickte.

»Glaubst du«, sagte er leise, »ich könnte ihn mal besuchen, wenn Don Fernando und Doña Laura weg sind?«

Sie schüttelte den Kopf. »Raúl würde es verraten. Aber warte auf ihn auf dem Heimweg von der Schule. Doña Laura oder Don Fernando holen ihn jeden Tag selber mit dem Wagen ab, seit du nicht mehr bei ihnen bist – außer samstags. Samstags hole **ich** ihn. Wenn du am nächsten Samstag kommen kannst? Einen Block von der Schule entfernt, unter dem großen Tamaibabaum, du weißt schon.«

»Ja«, sagte Angelito, »nächsten Samstag.«

»Er wird's kaum erwarten können«, sagte Alicia.

Sie ließ ihn seine Lumpen ausziehen und wusch sie. Als sie

wieder trocken waren und er sie anzog, atmete er ihren Geruch tief ein: Alicia hatte das gleiche Seifenpulver verwendet, mit dem sie auch bei den Zambranos die Wäsche wusch.

Schon von weitem sah Angelito Gregorio mit Alicia kommen. Gregorio war schmaler und größer geworden. Es war jetzt fast ein Jahr her, dass sie sich nicht gesehen hatten. Waren sie nicht beide schon dreizehn Jahre alt? Angelito hatte seinen letzten Geburtstag übergangen, hatte vergessen, auf das Datum zu achten. Warum auch?

Er sah, wie Gregorio mit unruhigen Blicken um sich schaute. Als er Angelito erkannte, stürzte er auf ihn zu und umarmte ihn so heftig, dass ihm die Brille von der Nase rutschte und auf den Asphalt fiel. Ein Glas zersprang. Kopfschüttelnd hob Alicia die Brille auf.

»Macht nichts«, sagte Gregorio und blinzelte Angelito an. Er strahlte über sein ganzes rundes Gesicht.

Sie hatten nicht mehr als fünf Minuten Zeit. Alicia trieb sie zur Eile an. Und so konnte Angelito Gregorio nur sagen, dass er in der Imbissstube neben dem Kino **ALADIN** Geschirr wasche und dass er auch über Euclides zu erreichen sei, der jetzt vor dem Arbeitsgericht Schuhe putze. Und Gregorio erzählte hastig, dass er keinen Augenblick klein beigegeben habe und seine Eltern und Pater Cosme dadurch oft zornig mache.

»Ich geb keine Ruhe«, sagte er. »Ich will dich zurückhaben! Und wenn ich's jetzt nicht schaffe, dann spätestens, wenn ich volljährig bin!«

»Schluss jetzt, Kinder«, mahnte Alicia. »Wir könnten beobachtet werden.«

Sie fasste Gregorio am Arm und zog ihn über die Straße.

»Und mit Raúl red ich nicht mehr seit damals!«, rief er zurück.

Angelito wollte ihm noch zurufen, dass Juan Ohnehand jetzt vor dem Kaufhaus **CAUCASIA** in der Avenida Colon sitze, aber ein Möbelwagen mit Anhänger schob sich vor ihn, dann ein Tankwagen und ein Bus.

Als Angelito wieder auf die andere Straßenseite hinübersehen konnte, waren Alicia und Gregorio schon zu weit weg, als dass sie ihn noch hätten hören können.

Gregorio drehte sich um und winkte, und Angelito winkte zurück.

Aber Alicia schien Gregorio das Winken zu verbieten, denn er schaute sich nur noch ein paarmal verstohlen um. Angelito stellte sich hinter einen Baum und sah ihnen nach, bis sie in die Sackgasse einbogen.

Während er zur Tramstation trabte, pfiff er vor sich hin. Er hängte sich an die nächste Tram, die zur Stadt fuhr, und fühlte sich so leicht wie ein Vogel. Trällernd kam er in der Imbissstube an. Und als der Chef ihn fristlos entließ, weil er ohne Entschuldigung von der Arbeit ferngeblieben sei, da lachte er nur.

26

Wieder wanderte Angelito durch die Stadt und suchte Arbeit. Oft, wenn sein Hunger zu stark wurde, blieb ihm nichts anderes übrig, als doch in Tonnen zu wühlen. Aber jeden Abend ging er vor das Gebäude des Arbeitsgerichts und fragte Euclides, ob sich Gregorio gemeldet habe. Er musste nicht lange auf eine Nachricht warten. Schon drei Wochen nach dem Wiedersehen in Christo Rey hatte Euclides einen Brief für ihn.

»Ein Mann, der sich Pablo nannte, hat ihn gebracht«, berichtete er. »Der hat dreimal nachgefragt, ob ich auch wirklich Euclides heiße und ob ich der einzige Schuhputzer dieses Namens vor dem Arbeitsgericht bin.«

Angelito riss den Umschlag auf. Ja, es war Gregorios Schrift. Er las:

Lieber Bruder!

Jemand hat uns doch zusammen gesehen und hat uns bei Papa verpfiffen. Alicia ist jetzt nicht mehr bei uns. Warum, kannst du dir denken. Und ich muss in die Staaten, damit ich mit dir nicht mehr zusammenkommen kann. Aber dann können wir uns schreiben. Schon in der nächsten Woche bringt mich Papa in eine Schule in Houston, Texas. Ich schreibe an Alicia, sie hat mir versprochen, ihren Jungen mit meinen Briefen zu Euclides zu schicken. Aber es wird noch eine Weile dauern.

Du darfst deine Briefe nicht an meine Schule schicken oder an die Leute, bei denen ich wohnen werde, sonst erfährt es Papa. Ich muss erst jemanden suchen, der zuverlässig ist. Vielleicht einen aus meiner neuen Klasse.

Wenn ich so eine Adresse habe, werde ich dir sofort schreiben. Und wenn ich in den nächsten Ferien heimkomme, werde ich es sicher schaffen, dich zu finden. Ich lass dich nicht im Stich!

Dein Gregorio für immer

»Du hast nicht Recht behalten, Euclides«, sagte Angelito und küsste den Brief. »Lies selber!«

Euclides las.

Dann sagte er trocken: »Ich will dir deine Freude nicht verderben. Aber lass uns in fünf Jahren darüber sprechen. Wenn er dir dann immer noch Briefe schreibt und sich mit dir trifft, will ich an Wunder glauben.«

Noch am selben Abend fuhr Angelito zu Alicia hinauf. Sie hatte noch keinen neuen Arbeitsplatz gefunden. Sie war bedrückt. Wenn sie nicht bald etwas fand, würde sie die Kinder aus der Schule nehmen müssen.

»Ja, Don Fernando hat nicht lange gefackelt«, sagte sie. »Am Tag nach eurem Treffen hat er mich gefeuert. Ich hätte mich selber ohrfeigen können, dass ich mich auf dieses Treffen eingelassen hab. Aber jetzt ist es passiert. Schwamm drüber. Mir tut's nur um Gregorio leid, der ist jetzt schlimm dran. So verwöhnt, wie der ist – er wird dort in den Staaten Rotz und Wasser heulen vor Heimweh!«

»Glaubst du, er ist schon fort?«, fragte Angelito.

Alicia zuckte mit den Schultern.

»Don Fernando bekommt die Papiere, die er für die Reise braucht, schnell zusammen«, sagte sie. »Und er wird nicht riskieren wollen, dass ihr euch noch einmal vor dem

Abflug seht. Fragt sich nur, ob nicht Doña Laura noch eine kleine Gnadenfrist durchgesetzt hat.«

Sie lachte bitter. »Ich hab mir geschworen, sie zu vergessen, die Zambranos. Sonst hätte ich schlaflose Nächte und würde mit den Zähnen knirschen.«

Angelito blieb stumm.

»Ja, ja, ich weiß«, sagte sie, »du willst nicht vergessen. Nicht den Gregorio. Aber bei dir ist das auch was anderes. Was hast du denn außer der Erinnerung? Ich hab ja meine Familie.«

Sie kramte ihre schäbige Geldbörse aus einem Regal und entnahm ihr einen Schlüssel.

»Hier«, sagte sie, »ein Souvenir. Behalt's, wenn du willst, oder wirf's weg.«

Angelito starrte den Schlüssel an, dann nahm er ihn mit einer feierlichen Bewegung aus Alicias Hand. Er erkannte ihn wieder, den vom Tor, er hatte ihn oft in Doña Lauras oder Don Fernandos Hand gesehen. Es gab mehrere Torschlüssel im Hause Zambrano, auch Raúl hatte einen, und die Wächter hatten einen, und der hier, der war vom Brett aus der Küche.

»Raúl war schon hier und sollte ihn holen«, sagte Alicia, »aber da hab ich mir's geleistet zu sagen, dass ich ihn nicht hab. ›Was sollte ich mit ihrem verdammten Schlüssel anfangen?‹ hab ich zu ihm gesagt. ›Als ich fortging, hing er auf dem Schlüsselbrett wie immer.‹ Das war ihm gar nicht recht, dem Raúl. Er wär so gern mit dem Schlüssel zurückgekommen, damit der Chef mit ihm zufrieden ist und sich klarmacht, was er an ihm hat. Und sollte ihn Don Fernando noch einmal herschicken, dann kann er meine Bude durchsuchen, wenn er will, aber bitte schön, nur zu, nur zu! Den Schlüssel wird er hier nicht finden – jetzt nicht mehr!«

Sie wollte Angelito wieder die Wäsche waschen, aber er hatte es auf einmal sehr eilig. Er bat sie nur noch, ihm Gregorios Briefe bringen zu lassen, so schnell, wie es möglich sei, und sie versprach es ihm. Dann rannte er davon.

Es war schon Nacht, als er an die Ecke kam, wo die Sackgasse von der Avenida abzweigte. Vorsichtig schlich er sich näher. Dunkel lag der Garten. Das Tor, der Gitterzaun hoben sich kaum von ihm ab. Raúl schlief wohl schon: Im Gärtnerhäuschen schimmerte kein Licht. Nur noch hinter den Rolläden im Erdgeschoss der Villa leuchtete es rötlich. Das war die große Standlampe mit dem orangefarbenen Schirm im Wohnzimmer. Don Fernando und Doña Laura saßen also noch vor dem Fernseher. Gregorio aber – wenn er noch hier war – hatte um diese Zeit längst zu schlafen. Darin verstanden weder Don Fernando noch Doña Laura Spaß.

Angelito begann zu schwitzen. Der Hund! War es noch Tarzan? War es ein neuer? Er hatte versäumt, Alicia nach ihm zu fragen. Wenn ein Hund im Garten anschlug, musste Angelito umkehren, musste so schnell wie möglich verschwinden, ehe der Wächter kam. Dann war alle Hoffnung zunichte.

Angelito wollte es wissen. Er lief auf das Tor zu. Kein Hund schlug an. Als er atemlos zwischen die Tonnen kroch, näherte sich ihm ein zärtliches Gewinsel, eine Schnauze schob sich durch die Gitterstäbe, fand ihn, eine Zunge beleckte ihn.

»Tarzan«, flüsterte Angelito, »Tarzan.« Er schob seinen Arm durch das Gitter und streichelte das Tier.

»Pst, Tarzan!«

Er drückte sich an das Gitter, spürte das warme Fell an seinem Körper. Tarzan winselte nur noch leise.

Dann hörte Angelito die Schritte von der Straße herüber, eine Taschenlampe ließ ihren Strahl wandern. Das musste der Wächter sein. War Pablo heute Abend dran? War es Luis' Nachfolger? Angelito schob leise die Tonnen zusammen und kauerte sich dahinter. Tarzan sprang auf und erwartete den Wächter schwanzwedelnd hinter dem Gitterzaun. Angelito erkannte an den Umrissen, dass es ein Fremder war, der in den Garten hineinleuchtete, sich dann umdrehte und wieder auf die Straße zuschritt.

Kaum waren seine Schritte verhallt, kroch Angelito hinter den Tonnen hervor und schloss das Tor auf. Es hatte immer geknarrt, damals. Aber inzwischen schien es jemand geölt zu haben. Es ließ sich lautlos öffnen. Angelito brauchte nur einen Spalt, um in den Garten zu schlüpfen.

Er huschte zum Haus, um das Haus herum, über die Terrasse hin zu Gregorios Fenster. Aus dem Wohnzimmer tönte Musik, gedämpftes Gespräch. Das Fernsehprogramm. Er konnte es also wagen, Gregorio zu rufen, ganz leise nur, das Fenster war offen, die Klimaanlage rauschte nicht. Er **musste** es hören!

Aber Gregorio hörte nichts. Niemand gab Antwort. Warum war die Klimaanlage nicht eingeschaltet? Gregorio schlief doch nie ohne eingeschaltete Klimaanlage!

Tarzan war wieder bei ihm. Er stieß ihn mit der Schnauze an und wollte gestreichelt sein. Langsam begriff Angelito: Er war zu spät gekommen. Gregorio war schon fort.

Alles umsonst, Tarzan. Gregorios Brief hatte kein Datum getragen. Was er mit der **NÄCHSTEN WOCHE** gemeint hatte, war inzwischen **DIESE WOCHE** geworden, und vielleicht saß nur Doña Laura im Wohnzimmer und wartete auf Don Fernandos Rückkehr aus den Staaten und sah fern, um nicht zu weinen.

Angelito ging zurück zum Tor. Er kam an dem Baum vorbei, auf dem das Baumhaus war. Die Strickleiter hing herab. Er schaute sich um, dann kletterte er hastig hinauf. Unter ihm jaulte der Hund sehnsüchtig.

»Still, Tarzan!«

Angelito kroch in das Baumhaus. Er sah nichts, aber er kannte sich aus, er tastete herum und fand das Feuerzeug im Astloch. Dann saß er ganz still und schaute durch die Luke hinaus. Lange saß er so. In der mächtigen Krone rauschte es, und über dem Nachbargarten ging der Mond auf. Der Wächter machte seine Runden. Immer wieder näherten sich seine Schritte, irrte der Strahl der Lampe durch den Garten, entfernten sich seine Schritte wieder. Aus dem Wohnzimmerfenster schimmerte kein Licht mehr. In der Nachtbrise knarrte die Schaukel. Fledermäuse strichen durch die Wipfel, die das Haus umgaben. Der Mond stieg über das Dach und ließ das Wasser im Swimmingpool glitzern. Und Tarzan schlummerte unter dem Baum.

Als Angelito endlich ging, nahm er nur sein Feuerzeug mit. Am Tor zögerte er einen Augenblick. Sollte er es auflassen? Das würde Raúl, dem Verräter, einen Rüffel einbringen.

Aber dann schloss er es doch zu, streichelte Tarzan, der leise winselte, noch einmal durch das Gitter und lief dann die Sackgasse hinunter. Wo sie in die Allee mündete, stieß er beinahe mit dem Wächter zusammen. Der richtete den vollen Strahl seiner Taschenlampe auf ihn und versuchte, ihn zu fangen. Aber Angelito rannte davon. Er war schneller.

Von diesem Tag an trug er den Schlüssel am Hals, an Alicias Kettchen. Und für das Feuerzeug fand er ein anderes Loch in der Mauer, das niemand kannte außer Tinto und ihm.

27

Nach einem Monat kam ein Brief aus den Staaten: Er war ein einziger Jammer. Gregorio gefiel es in Houston gar nicht. Er verstand die Leute kaum, bei denen er wohnte, und in der Schule war alles ganz anders. Zweimal hatte er die Adresse angegeben, an die Angelito schreiben sollte: einmal im Brief und einmal auf dem Umschlag.

Euclides spendierte Angelito einen Bogen Briefpapier, einen Bleistift und einen Umschlag. Bäuchlings schrieb Angelito seinen Brief auf den Stufen des Arbeitsgerichts.

Er hatte viel zu berichten: Tinto war erwischt worden und saß im Gefängnis, wo er ihn zweimal in der Woche besuchte und ihm, wenn er konnte, etwas zu essen brachte, denn im Gefängnis gab's nur dünne Suppen, die nicht satt machten. Und er selbst hatte noch immer keine Arbeit gefunden.

Er schrieb noch mehr: Er tröstete Gregorio und empfahl ihm, immer etwas zu trinken, wenn er Heimweh habe. Das helfe. So mache er's auch. Er trinke dann Wasser aus dem nächsten Brunnen. Und wenn Gregorio kein Getränk zur Hand habe, solle er an etwas anderes denken. Und er schrieb:

Ich denke viele Male am Tag an dich, meistens aber abends im Rohr. Dann stelle ich mir vor, wie wir später zusammen sein werden. Auch ich lass dich nicht im Stich. Dein Simon für ewig.

Den Brief gab er Euclides zu lesen.
»Dein Brief ist besser geschrieben als seiner«, sagte er. »Und es steht mehr drin.«

Nun gingen Briefe regelmäßig hin und her: Alle zwei bis drei Wochen – je nachdem, wann Alicias Sohn in die Stadt fahren konnte – kam einer an, zwei bis drei Tage später ging einer ab. Angelito hatte wieder Arbeit, er trug Werbezeitungen aus. Kurz bevor Gregorios große Ferien begannen, ging die Werbezeitung pleite. Aber als Gregorio eines Vormittags vor dem Arbeitsgericht auftauchte, hatte Angelito doch noch so viel Geld, dass er ihn zu einem großen Eis einladen konnte.

Sie umarmten sich viele Male, und Gregorio beteuerte immer wieder, wie glücklich er sei, wieder hier zu sein. Er habe seine Mutter in die Stadt begleiten sollen, aber nun sitze sie beim Frisör, und er habe sich davongemacht unter dem Vorwand, er hole sich ein Eis.

»War nicht mal geschwindelt«, lachte er.

Er klagte über die mühsame Lernerei in Houston, dann musste er schon wieder gehen. Angelito begleitete ihn noch ein Stück und erzählte ihm von dem nächtlichen Besuch, den er der Villa abgestattet hatte. Gregorio staunte.

»Und wie bist du in den Garten gekommen?«

»Wie wohl? Durch das Tor natürlich«, antwortete Angelito und zeigte auf den Schlüssel, den er um den Hals trug. Aber er verriet nicht, dass er ihn von Alicia hatte. Er behauptete, er habe ihn neben den Tonnen gefunden, rein zufällig. Als Gregorio das nicht glauben wollte, zuckte er mit den Schultern. Aber Gregorio bestand nicht darauf, die Wahrheit zu erfahren.

»Wenn ich daheim gewesen wäre«, sagte er, »wie hätte ich mich gefreut! Aber wenn sie dich erwischt hätten – nicht auszudenken!«

Noch dreimal gelang es Gregorio, zum Arbeitsgericht zu kommen, bevor er wieder in die Staaten zurückmusste. Aber davon traf er Angelito zweimal nicht an, denn der war auf Arbeitsuche. Angelito war sehr niedergeschlagen, als er von Euclides hörte, dass Gregorio da gewesen war.

»Übermorgen wird er noch einmal kommen«, sagte Euclides.

Und diesmal war Angelito da. Gregorio hatte seinen Eltern vorgeschwindelt, er wolle einen Freund in Christo Rey besuchen. Die Eltern waren im Golfklub. Und so hatten er und Angelito genügend Zeit, um zu Alicia hinaufzufahren. Aber sie trafen sie nicht an. Von der Alten erfuhren sie, dass sie nach ein paar Monaten Suche wieder eine Arbeitsstelle gefunden habe, Gott sei Lob und Dank, wenn auch nur als Wäscherin – für nicht viel mehr als den halben Lohn. Gregorio schenkte Alicias Ältestem eine Dollarnote für die Briefträgerdienste und bat ihn, seine Mutter von ihm und Angelito zu grüßen.

Als sie voneinander Abschied nehmen mussten, weinte Gregorio. Er schluchzte, dass ihm vor der Schule graue, vor dem langen Jahr in Houston. Und er habe dort keine Freunde. Und dann schwärmte er von dem Leben irgendwann in der Zukunft: Wie Zwillingsbrüder würden sie sich kleiden und ganz allein mit Olga und Alicia im Haus in Christo Rey wohnen. Sie würden im Baumhaus sitzen und nächtelang miteinander reden, wenn die Fledermäuse um die Bäume strichen. Und ausfahren, wann immer sie wollten. Abwechselnd würden sie am Steuer sitzen …

»Und wo sind dann deine Eltern?«, fragte Angelito.

Gregorio machte nur eine Handbewegung, als wische er etwas weg. »Schreib mir, Simon, schreib mir«, bat er. »Ich würde verrückt dort, wenn deine Briefe nicht kämen.«

Er umarmte Angelito wieder viele Male, und Angelito begleitete ihn noch bis zum Park La Libertad.

174   Als Angelito auf die Stufen des Arbeitsgerichts zurückkehrte, fragte Euclides: »Na? Geht's uns jetzt ein paar Wochen gut?« Angelito verstand nicht, was er meinte.

»Der watet im Geld, und du schläfst im Kanalrohr!«, rief Euclides. »Und der will dein Bruder sein? Warum gibt er dir nicht ein paar Dollar?«

»Sei still!«, schrie Angelito wütend. »Sei still!«

»Und ich wette«, schrie jetzt auch Euclides, »der Schlüssel, den du da am Hals hängen hast, hat auch mit diesem verdammten Gregorio zu tun!«

28

Das nächste Jahr wurde hart für Angelito. Er wurde krank. Tagelang lag er in dem Rohr, unfähig, es zu verlassen. Fieberschauer schüttelten ihn. Wahrscheinlich war es Typhus. Pepe und Felipe fanden ihn, kümmerten sich um ihn, brachten Limonade und Früchte. Und sooft er konnte, kam auch Euclides. Pepe und seine Bande schwärmten aus, um Petrona zu finden – vergeblich. Euclides holte ihn schließlich aus dem Rohr, als es schon ganz verschmutzt war, und schleppte ihn in den verfallenen Bauschuppen, der seine eigene Schlafstelle war. Während Angelitos Krankheit besuchten Pepe, Felipe und die anderen Tinto im Gefängnis und brachten ihm zu essen. Ja, und dann wurde Petrona doch noch gefunden: Die Mutter der beiden Quittenmarkschwestern entdeckte sie in dem Armenhospital, wo Catalina am Blinddarm operiert worden war. Aber Petrona lag schon im Sterben und konnte nicht mehr sagen, wo sie sich aufgehalten hatte, seitdem sie von den Stufen der Kirche San Isidro vertrieben worden war. Sie erkannte die Mutter der beiden Mädchen nicht einmal mehr.

Eine richtige Arbeit fand Angelito auch nach der Krankheit nicht. Er war abgemagert und hohlwangig und sah nicht aus wie ein Vierzehnjähriger.

Von all dem schrieb er Gregorio. Der ließ sich neuerdings mit seinen Briefen Zeit. Sie waren auch kürzer als früher. Aber was er schrieb, klang beruhigend: Es gehe ihm nun besser, er könne sich schon ganz gut auf Englisch ausdrücken und habe auch eine amerikanische Freundin, Linda heiße sie. Ihr Vater sei Pilot. Er sei auch in Disneyland gewesen. Dort habe er ihm ein hübsches Geschenk gekauft. »Deine Krankheit erwähnt er mit keinem Wort«, sagte Euclides. »Dabei hätte nicht viel gefehlt, und du wärst hin gewesen.«

»Was soll er denn dazu sagen?«, meinte Angelito verwundert.

In den großen Ferien, die dem schlimmen Jahr folgten, kam Gregorio zweimal vorbei. Er trug jetzt Schlips und Kragen. Das Geschenk für Angelito war ein gelbes T-Shirt mit einer Mickymaus auf der Brust und dem Aufdruck **DISNEYLAND**. Gregorio zog es ihm selbst über den Kopf.

»Gefällt's dir?«, fragte er.

»Damit werden sie mich ›Mister‹ nennen«, sagte Angelito. »Aber ich zieh es nur sonntags an.«

Dann lud ihn Gregorio zu einem Bier ein, das Angelito wieder erbrach. Gregorio sprach lange und ausführlich über seine Zukunftspläne. Wenn er später aus den Staaten zurückkehrte, würde er hier etwas Ähnliches wie Disneyland aufziehen. Damit ließe sich viel Geld machen. Sie beide,

Simon und Gregorio, wären dann Herren über eine ganze Stadt – eine Stadt des Vergnügens.

Angelito wollte es nicht glauben.

»Ich sage dir, Simon, das ist eine Stadt! Einen ganzen Tag kannst du darin herumwandern und hast immer noch nicht alles gesehen! Und abends, wenn die Leute fort sind und die Stadt leer ist, werden wir beide uns darin vergnügen – allein und umsonst!«

Angelito wusste nicht, was er dazu sagen sollte.

»Na?«, fragte Euclides hinterher.

Angelito erzählte.

»Wahrscheinlich glaubt er den Blödsinn auch noch selber«, meinte Euclides und schüttelte den Kopf.

Das zweite Mal kam Gregorio nur kurz. Nur, um sich zu verabschieden.

»Lass dich nicht unterkriegen«, sagte er. »Ich hol dich hier raus. Bald lass ich mir von meinem Vater nichts mehr vorschreiben. Denk an unser Disneyland!«

Und weg war er.

Angelito blieb verwirrt zurück. Wenn dieser Traum von der Vergnügungsstadt wahr würde –! Aber warum war Gregorio nur zweimal zu ihm in die Stadt gekommen? Und warum hatte er beim ersten Mal den Schlüssel in die Hand genommen und lachend gesagt: »Trägst du den immer noch mit dir herum wie ein Schlüsselkind?«

Angelito schrieb nun regelmäßig alle zwei Wochen. Er

hatte Gutes zu berichten: Euclides habe nun endlich sein Abitur gemacht und durch Vermittlung des Direktors der Abendschule eine Stelle als Volontär bei einer Zeitung bekommen. Angelito habe er, wie versprochen, seine Schuhputzausrüstung überlassen. Er habe ihn seiner Kundschaft empfohlen, und nun habe er, Simon, gut zu tun und verdiene so viel, dass er sich fast immer satt essen und, wenn nötig, ein paar Sandalen oder ein Hemd an den billigen Marktständen kaufen könne. Und vor allem brauche er sich jetzt von Euclides keine Briefmarken mehr schenken zu lassen. Nur das Papier bekomme er noch von Euclides, denn der habe bei seiner Zeitung mehr als genug davon. Das Disneylandhemd ziehe er jeden Sonntag und Feiertag an. Und wenn es ihm nicht gut gehe, träume er von ihrer Stadt.

Übrigens sei Tinto jetzt endlich aus dem Knast entlassen worden. Er sei aber nicht mehr in der Stadt. Er sei in die Hauptstadt gefahren. Dort gebe es so viele Taschendiebe, dass er gar nicht weiter auffalle. Und nicht zu vergessen: Juan Ohnehand lasse ihn, Gregorio, herzlich grüßen.

Gregorio antwortete nur einmal, es war schon kurz vor den nächsten großen Ferien. Dafür schrieb er sechseinhalb Seiten voll: Simon möge entschuldigen, dass er so lange nichts von sich habe hören lassen. Er habe sehr viel für die Schule büffeln müssen, außerdem seien seine Eltern ein paarmal da gewesen und hätten mit ihm Reisen gemacht. Sie seien am Grand Canyon und im Yellowstone-Park gewesen. Aber am meisten habe ihn Washington beeindruckt. Das Weiße Haus. Er habe sogar den amerikanischen Präsidenten gesehen! Sie hätten in der Schule jetzt auch viel über die Demokratie gelernt.

Dann folgte eine lange, ausführliche Beschreibung des amerikanischen Regierungssystems, verdeutlicht durch mehrere Skizzen.

Er habe sich eine Menge Gedanken darüber gemacht und beschlossen, Politiker zu werden. Daheim natürlich. Dort seien gute Politiker besonders nötig: solche, die sich für die echte Demokratie einsetzten, in der alle die gleichen Rechte besäßen, Arme wie Reiche.

»Auch du, Simon, auch du!«

Er freue sich, Simon in den Ferien wieder zu sehen.

Aber in den Ferien kam er nur ein einziges Mal zum Arbeitsgericht und behauptete, er sei zweimal vergeblich da gewesen. Er habe Simon nirgends gesehen. Schade! Er habe nämlich wenig Zeit. Während seiner Ferien werde er in ganz Christo Rey herumgereicht, von Party zu Party, und auch seine Eltern gäben ihm zu Ehren ein Fest. Danach sei man immer einen Tag lang vollkommen erledigt.

»Übrigens treffe ich bei solchen Gelegenheiten manchmal alte Schulkameraden«, sagte Gregorio.

Angelito hörte ihm die ganze Zeit zu und nickte nur.

Dann erzählte Gregorio von seinen politischen Plänen.

»Hier muss mit eisernem Besen gefegt werden!«, rief er.

»Schluss mit Korruption und Protektion, ein für alle Mal! Nur so können wir ein gerechtes System aufbauen, das Freiheit, Gleichheit, Brüderlichkeit garantiert!«

Angelito nickte, obwohl er nichts verstand.

»Und unser Disneyland?«, fragte er zaghaft, als Gregorio

einmal eine Pause machte.

»Was für ein Disneyland?«, fragte Gregorio verdutzt.

»Das wir hier bauen wollten«, antwortete Angelito.

Gregorio brach in lautes Gelächter aus.

»Du liebe Güte«, sagte er, »das hatte ich ganz vergessen. Ich sagte dir doch: Ich will Politiker werden.«

»Und ich?«, fragte Angelito.

»Du wirst für mich arbeiten«, sagte Gregorio. »Ja – du könntest zum Beispiel mein Wahlhelfer werden.«

Er lachte, als er sah, wie ernst Angelito nickte, und schlug ihm auf die Schulter. »Übrigens, ich sehe, dass du unseren Schlüssel immer noch mit dir herumträgst. Gib ihn mir!«

Angelito starrte ihn an.

»Schon gut, schon gut«, sagte Gregorio. »Aber du wirst mir doch aus einer Patsche heraushelfen, oder? Ich habe meinen verloren, und ich bekäme Schwierigkeiten mit meinen Eltern, wenn ich ihnen das beichten müsste. Du weißt ja, wie sie sind. Also – gib ihn schon her!«

Aber Angelito schüttelte den Kopf und hielt den Schlüssel fest.

»Und wenn ich ihn dir bezahle?«, fragte Gregorio.

»Nein«, sagte Angelito.

»So eigensinnig kenne ich dich gar nicht«, sagte Gregorio. »Aber bitte schön – wie du willst. Tschau – bis zum nächsten Mal!«

Angelito packte eilig sein Schuhputzzeug zusammen und drehte das Schild über dem Stuhl so, dass darauf **VORÜBERGEHEND GESCHLOSSEN** zu lesen stand.

»Was hast du vor?«, fragte Gregorio.

»Ich wollte dich noch ein Stück begleiten«, sagte Angelito.

Aber das wollte Gregorio nicht. Er wolle sich dort drüben an der Ecke gleich mit drei Freunden treffen. Und er komme ja noch mal vorbei, bevor er wieder in die Staaten fliege.

Er umarmte Angelito und ging.

Angelito schaute ihm nach. Dann packte er sein Schuhputzzeug wieder aus und arbeitete weiter, tief in Gedanken versunken. Eine Niedergeschlagenheit überkam ihn, die er sich nicht erklären konnte.

»Soll ich sie dir erklären?«, fragte Euclides, als er später, wie fast jeden Spätnachmittag, zu ihm herüberkam, ihm eine Zeitung brachte und sich eine Weile neben ihm auf die Stufen setzte, um mit ihm zu plaudern.

Aber Angelito wollte sie nicht erklärt haben. Stattdessen fragte er nach den Aufgaben eines Wahlhelfers.

»Du bist ein Einfaltspinsel«, sagte Euclides. »Du, der einen so klugen Kopf hat! Der dreimal intelligenter ist als dieser – dieser! Du siehst nicht, worauf das alles hinausläuft. Du **willst** es nicht sehen!«

»Sei still!«, schrie ihn Angelito an.

»Hör zu, Angelito«, sagte Euclides, »du solltest auch in die Abendschule gehen. Ich hab dir das doch schon so oft geraten. Einen guten Teil von dem, was man da lernt, weißt du schon. Und du bist viel klüger als die meisten, auch klüger als ich. Du würdest das Abitur in kürzerer Zeit schaffen als ich. Du bist jetzt fünfzehn. Mit neunzehn könntest du's in der Tasche haben. Und ich könnte dir danach vielleicht helfen, eine Stelle zu finden, vielleicht bei unserer Zeitung. Sie ist noch neu, gewiss, und hat noch nicht viele Leser. Aber ihre Auflage wächst. Es ist eine Zeitung für die, die bisher nichts sagen durften. Für die Armen, die Ausgebeuteten, die Rechtlosen. Zu denen gehörst auch du, Angelito.«

Der Junge nickte.

»Geh in die Abendschule«, sagte Euclides, »dann bist du nicht gezwungen, alles zu glauben, was die da oben dir erzählen. Dann wirst du deinem Gregorio nicht nur gleich, dann wirst du ihm eines Tages sogar überlegen sein. Und mit deinem Wissen verhilfst du wieder anderen zu Bildung und Wissen. Ja, Bildung und Wissen – das sind die Waffen, die sie in Christo Rey am allermeisten fürchten, vielleicht noch mehr als Bomben!«

»Ich werde Wahlhelfer«, sagte Angelito.

Euclides fuhr auf. Aber er atmete nur tief durch und setzte sich wieder.

»Gut«, sagte er. »Gut. Du wirst also Wahlhelfer. Aber auch als Wahlhelfer bist du deinem Gregorio mit Abitur hundertmal nützlicher als ohne!«

29

Das leuchtete Angelito ein, er meldete sich mit Euclides' Hilfe bei der Abendschule an. Ihm wurde sogar ein Freiplatz in Aussicht gestellt. Euclides versorgte ihn mit den nötigen Heften und borgte ihm seine alten Bücher.

Mit großem Eifer fing Angelito an. Aber bald merkte er, wie anstrengend so eine Abendschule war: Nach einem langen, harten Arbeitstag musste er sich noch zwei oder drei Stunden konzentrieren, auch wenn ihm die Augen zufallen wollten. Und in der Mittagspause, wenn die anderen Schuhputzer irgendwo im Schatten schliefen, hockte er über den Büchern. Trotzdem gab er nicht auf.

Gregorio war nicht noch einmal vorbeigekommen. Sicher war er längst wieder in den Staaten. Angelito schrieb ihm stolz, dass er sich in der Abendschule auf seine Aufgabe als Wahlhelfer vorbereite und von seinen Lehrern schon sehr gelobt worden sei. Wenn alles gut gehe, könne er in vier Jahren das Abitur machen. Euclides helfe ihm dabei, so, wie auch er früher Euclides geholfen habe: Er fragte ihn die Vokabeln ab. Und mit dem, was er nicht verstehe, könne er sich auch an Euclides wenden. Euclides sei jetzt übrigens Redakteur und bewohne eine Mansarde über der Redaktion. Dort schlafe auch er, Angelito, auf einer Matratze. Gregorio solle seine Briefe jetzt an diese Adresse schicken. Und er schrieb sie deutlich in den Brief und noch einmal auf den Umschlag.

Gregorio antwortete diesmal ziemlich schnell, wenn auch kurz:

Du willst also das Abitur machen. Respekt, Respekt! Aber wozu brauchst du es? Hast du Sorge, du genügst mir nicht? Mein lieber Simon, glaube mir, ich mag dich wirklich so, wie du bist!

Übrigens ziehe ich demnächst nach Los Angeles um. Die neue Adresse schreibe ich dir.

Gregorio

Das war alles. Aber es bewirkte, dass sich Angelito aus der

Abendschule abmeldete. Euclides war außer sich, als er davon erfuhr.

»Ich habe gestern erst mit einem deiner Lehrer gesprochen«, rief er. »Sie halten dich für sehr begabt! Und dann benimmst du dich wie ein verdammter Idiot!«

Aber Angelito ließ sich nicht umstimmen. Er gab Euclides die Bücher zurück und kam nicht mehr zum Schlafen in seine Mansarde.

»Dir ist nicht zu helfen«, seufzte Euclides, der ihn auch weiterhin fast jeden Spätnachmittag vor dem Arbeitsgericht besuchte.

Von da an wartete Angelito. Er konnte sich auf Euclides verlassen, der unterschlug keine Briefe. Aber vielleicht hatte Gregorio dessen Adresse verlegt? Deshalb ging er zu Alicia hinauf, um nach Briefen zu fragen.

Alicia hatte jetzt tiefe Falten um den Mund, und die beiden Vorderzähne waren ihr ausgefallen. Ihre Mutter war vor einem Vierteljahr gestorben. Nun musste der Älteste die übrigen Geschwister versorgen, wenn Alicia nicht daheim war.

»Er hätte dir trotzdem den Brief gebracht, wenn einer gekommen wäre«, sagte Alicia, und sie wusch ihm wieder seine Kleider.

Angelito wartete fast ein Jahr. Wenn Euclides auf Gregorio zu sprechen kam, blieb er stumm und zuckte nur mit den Schultern.

Dann kam wieder die Zeit der nordamerikanischen Sommerferien, und Angelito entfernte sich tagsüber keine

Minute von den Stufen des Arbeitsgerichts. Aber die Ferien
vergingen, und Gregorio kam nicht.

»Er wird in den Staaten geblieben sein«, sagte er, als
Euclides fragte. »So kurz vor dem Abitur wird er viel zu
lernen haben.«

Angelito war jetzt fast sechzehn Jahre alt.

Und noch ein Jahr verging ohne Brief und ohne Nachricht.
Angelito wurde immer stiller. Wenn Euclides von Gregorio
sprach, presste er die Lippen aufeinander und senkte den
Kopf. Er konnte sich gar nicht vorstellen, wie Gregorio
jetzt aussah: siebzehn Jahre alt!

»Er wird kommen«, sagte er laut, wenn er allein war.
»Eines Tages wird er kommen.«

Und er kam wirklich – nach einem weiteren Jahr. Es war an
einem Mittwochnachmittag. Gregorio schlenderte, ganz in
Weiß, von der Avenida Brasilia herüber, in ein Gespräch
vertieft. Den Mann, mit dem er sprach, kannte Angelito
nicht. Er hörte auf zu putzen und starrte gebannt hinüber.
Dann zog er sich hastig Alicias Kettchen über den Kopf
und stopfte es sich in die Hosentasche. Die Bürste in seiner
Hand zitterte. Nun würde sicher gleich Gregorio herüber-
kommen.

»Was, zum Teufel, ist denn los?«, fragte der alte Herr, dessen Schuhe er gerade putzte.

Angelito hörte und sah ihn nicht. Er spürte sein Herz bis
zum Hals klopfen. Als er Gregorio eine andere Richtung

einschlagen sah, warf er seine Bürste hin und rannte hinter ihm her.

Gregorio musterte ihn verblüfft.

»Ach, **du** bist's«, sagte er und klopfte sich die Jacke an der Stelle ab, wo Angelito ihn angefasst hatte.

»Ich hab auf dich gewartet«, sagte Angelito. »Fast drei Jahre hab ich auf dich gewartet.«

Gregorio schaute hinauf zu den Stufen unter den Säulen.

»Betreibst du noch immer deine Schuhputzerei?«, fragte er.

Angelito nickte. »Komm mit«, sagte er, »unter den Säulen ist Schatten. Und deine Schuhe sind staubig. Ich werd sie dir putzen.«

Sie schritten Seite an Seite die Stufen hinauf.

»Hier«, sagte Angelito. »Erinnerst du dich nicht mehr?«

Gregorio setzte sich lässig auf den Stuhl und stellte den linken Fuß auf die Fußstütze.

»Mach schnell«, sagte er, »ich bin verabredet.«

Angelito putzte.

»Ich geh nicht mehr zur Abendschule«, sagte er beiläufig. »Schon zwei Jahre nicht mehr.«

»Abendschule?«, fragte Gregorio. »Ach ja …«

»Und du?«, fragte Angelito, ohne aufzublicken. »Was machst du?«

»Ich bin im Bankfach«, sagte Gregorio. »Wie mein Vater.«

Angelito saß tief über Gregorios Schuhe gebeugt. Er putzte sie so zärtlich und so lange, dass Gregorio unruhig wurde.

»Gleich«, sagte Angelito.

»Übrigens«, sagte Gregorio, »da fällt mir gerade ein: Hast du noch den Schlüssel?«

»Nein«, antwortete Angelito. »Den hab ich längst verloren.«

Gregorio lehnte sich zufrieden zurück und verschränkte die Arme.

»Fertig«, sagte Angelito, und Gregorio stand auf. Er legte ein paar Münzen auf den Stuhl – so viel, wie auf dem Schild, das über dem Stuhl an der Säule hing, als Preis für 1 x Schuhputzen angegeben war.

»Mach's gut, Simon«, sagte er, dann ging er davon. Nach ein paar Schritten drehte er sich noch einmal um und rief: »Ich wünsch dir staubige Zeiten – fürs Geschäft!«

Und lachend verschwand er im Gewühl.

Angelito packte sein Schuhputzzeug zusammen, riss das Schild von der Säule, knüllte es in einen Papierkorb und ging fort.

Den Kasten mit dem Schuhputzzeug in der Hand, lief er blind durch die Stadt, kreuz und quer, bis zum Fluss. Er ging am Ufer entlang, bis er an eine Stelle kam, wo ein dickes Abwasserrohr aus dem Damm ragte, dessen stinkender Inhalt sich in den Fluss ergoss. Hier war er allein. Keine Kinder spielten im Wasser, niemand schaute ihm zu. Hinter ihm erhob sich die trostlose Fassade einer alten Fabrik. Er beugte sich über das verrostete Geländer und warf den Kasten mit dem Schuhputzzeug ins Wasser.

Aber der Kasten schwamm nicht davon. Er war in einen Strudel geraten, den die Abwässer aus dem Rohr erzeugten. Er drehte sich und drehte sich, und Angelito lehnte am Geländer und starrte auf ihn hinunter. Lange. Stunden.

Plötzlich kletterte er die steile Böschung hinunter und

bemühte sich, den Kasten wieder an Land zu ziehen. Er musste in die stinkige Brühe hineinwaten, um ihn zu erreichen Sobald er ihn hatte, kletterte er wieder hinauf auf die Uferstraße, öffnete ihn, breitete alles aus, was darin gewesen war, und ließ es in der Sonne trocknen. Mit finsterem, vergrübeltem Gesicht kauerte er daneben und kritzelte mit dem Schlüssel sinnlose Zeichen in den Sand. Dann hängte er sich den Schlüssel um den Hals, packte alles wieder ein und kehrte in die Stadt zurück. Diesmal benutzte er die Tram. Er fuhr bis zum Trödelmarkt.

»Nanu«, sagte Marisol, »willst du dein Geschäft verkaufen, Angelito?«

Er nickte.

»Hast du dir das auch gut überlegt?«, fragte Marisol. »Das Geld, das ich dir für deinen Kasten gebe, ist schnell ausgegeben.«

»Ich brauch's«, sagte Angelito nur.

»Wenn du Geld brauchst, warum, um alles in der Welt, nimmst du dann mein Angebot nicht an?«, fragte Marisol.

»Willst du das Zeug oder willst du's nicht?« fragte er ungeduldig. »Wenn du's **nicht** willst, geh ich an einen anderen Stand. Schuhputzzeug ist gefragt.«

Marisol zahlte ihm einen fairen Preis. An einem anderen Stand kaufte er sich einen großen Blechkanister. Er war schon ein bisschen verrostet, aber noch dicht.

Angelito trieb sich noch eine Weile auf dem Trödelmarkt herum und spähte umher, bis er einen aus Pepes Bande entdeckte. Pepe arbeitete mit seinen Leuten schon lange nicht mehr auf dem Parkplatz vor dem Olímpico.

Das war ein Job für kleine Jungen. Seine Bande raubte jetzt

Autos aus und entriss Passanten Handtaschen und Akten-
taschen.

Angelito sprach mit dem Burschen. Der nickte ein paarmal
und lief weg. An einer Tankstelle ließ sich Angelito den
Kanister mit Benzin füllen. Dann holte er sein Feuer-zeug
aus der Mauer.

Es dämmerte schon, als er zu Euclides in die Mansarde
kam. Euclides saß hinter seinem Schreibtisch, zwischen
Stapeln von Büchern und Papieren. Er sprang auf, als er
Angelito erkannte.

»Hallo«, rief er, »kommst du endlich wieder? Warte, ich
werde die Matratze abbürsten. Sie wird ganz voll Spinn-
weben sein.«

»Ich werd nicht hier schlafen«, sagte Angelito. »Ich werd
heute Nacht überhaupt nicht schlafen. Ich komm nur her,
um dir zu sagen, dass ich ab morgen nicht mehr vor dem
Arbeitsgericht bin.«

Euclides sah ihn überrascht an.

»Hast du ein Mädchen?«, fragte er.

Dann sah er den Kanister.

»Was hast du vor?«, fragte er erschrocken.

Angelito antwortete nicht.

»Gregorio?«, fragte Euclides.

Angelito nickte und zeigte auf den Schlüssel, den er jetzt
wieder um den Hals trug.

»Ich werde das Tor aufmachen, Euclides«, sagte er. Seine
Augen schwammen in Tränen.

»Welches Tor?«, fragte Euclides.

Ravensburger Bücher Absolut lesenswert!

++Eine Weltreise mit Geschichten++

ISBN 978-3-473-**54287**-1
Oyuna möchte schnell wie der Wind über die Steppe reiten.

ISBN 978-3-473-**54289**-5
Der Betteljunge Angelito will das Leben der Reichen kennen lernen.

www.ravensburger.de

Ravensburger

Ravensburger Bücher — Absolut lesenswert!

++Eine Weltreise mit Geschichten++

Das verlorene Land
Iris Lemanczyk

ISBN 978-3-473-**54290**-1

Die tibetischen Zwillinge Tashi und Tenzin wollen in Freiheit leben.

Amira Prinzessin der Wüste
Salim Alafenisch

ISBN 978-3-473-**54285**-7

Wüstenprinzessin Amira muss unter 40 Männern den Richtigen wählen.

Ravensburger

www.ravensburger.de

Ravensburger Bücher Absolut lesenswert!

++Eine Weltreise mit Geschichten++

ISBN 978-3-473-**54286**-4

Juriko will ihren besten Freund, den Delfin Ruka, retten.

ISBN 978-3-473-54288-8

Lizzy und Tim überleben in der Wildnis des Nordens.

www.ravensburger.de

Ravensburger